슬픔이여 안녕

슬픔이여 안녕

발행일 2016년 8월 30일

지은이 장 준 혁
펴낸이 손 형 국
펴낸곳 (주)북랩
편집인 선일영 편집 김향인, 권유선, 김송이
디자인 이현수, 이정아, 김민하, 한수희 제작 박기성, 황동현, 구성우
마케팅 김회란, 박진관, 오선아
출판등록 2004. 12. 1(제2012-000051호)
주소 서울시 금천구 가산디지털 1로 168, 우림라이온스밸리 B동 B113, 114호
홈페이지 www.book.co.kr
전화번호 (02)2026-5777 팩스 (02)2026-5747

ISBN 979-11-5987-200-6 03810(종이책) 979-11-5987-201-3 05810(전자책)

이 도서의 국립중앙도서관 출판예정도서목록(CIP)은 서지정보유통지원시스템 홈페이지(http://seoji.nl.go.kr)와 국가자료공동목록시스템(http://www.nl.go.kr/kolisnet)에서 이용하실 수 있습니다.
(CIP제어번호 : CIP2016020861)

슬픔이여 안녕

장준혁 에세이 모음집

북랩 book Lab

차례

슬픔이여 안녕

나팔꽃

초소에서 내려다보이는 오래된 집
무더운 한낮엔 반가운 그늘이 찾아와
외롭고 쓸쓸한 적막을 깨주던 오래된 집
여름이면 나팔꽃이 만발했다
마당은 넓고 누렇게 변한 창호지가
할머니 손목보다 가는 나무 문살에
너덜너덜 덕지덕지 붙어있는
할머니 나이보다 오래됐을 창호지 문은
여름날 아침이면 나팔꽃처럼
어김없이 환하고 밝게 열렸다
아무도 찾지 않는 홀로 사는 외로운 할머니
따뜻한 햇살, 종달새, 박새의 지저귐,
모닝커피 향처럼 굴뚝 위로 은은히 흩날리던
이웃집 아궁이 장작 타는 냄새
마당에 핀 여름꽃들을 보기 위해
할머니의 창호지 문은 나팔꽃처럼 열렸다
힘들게 소중한 하루를 살아낸 할머니의 방문이
아침을 맞기 위해 열리는 순간은
나팔꽃보다 더한 진정한 모닝 글로리

어느 가을날
할머니의 오래된 창호지 문은
더는 열리지 않았고
겨울이 오기 전 오래된 집은 헐리고
면회객을 위한 근사한 매점이 생겼다
여름이 다시 찾아와도
그 매점엔 더는 나팔꽃은 없었다
오래된 창호지 문이 열리던
진정한 모닝 글로리의 그 순간도
더는 없었다

오발탄

새벽 두 시
마시지도 못한 술 향기에 취해
자도 자도 채워지지 않는 잠에 취해
거리의 가로등 네온사인 불빛에 취해
시들어가는 욕망에 취해
바다도 먼 이곳 서울 한복판에서
꺼억꺼억 울어대는 갈매기 울음소리에 취해
눈을 감고
다리에 힘을 풀고
한강대로를 달린다
한강대로를 걸어간다
내 맘처럼
어두운 거리에 세찬 비가 내리고
터벅터벅 비틀거리며 걸어가는
느기적느기적 바닥을 끌며 기어가는
내 자동차, 나의 쪽방, 내 베이스캠프
인적 끊긴 한강대로 거리에
사라진 사람들만큼 억수로 쏟아지는
빗속에서

"TAXI!"

애타게 택시를 부르는 술에 취한 아가씨

갈 곳 없는 난 차창에 부딪히는 빗소리를 들으며

멋진 아가씨를 바라본다

"TAXI! 해방촌이요!"

…

그래

가자!

삼각지에서 좌회전해서 해방촌으로 갑시다

오발탄이어도 좋습니다.

그래

가자!

행복

아침에 일어나 현관문을 연다
문밖에 놓여있는 경제신문이
행복하세요! 인사한다
신문을 펴고 TV 뉴스를 켠다
달라진 헤어스타일의 섹시한
리포터가 윙크하며 인사한다
행복하세요!
집을 나서며 마주치는 경비아저씨
웃으며 행복하세요! 인사한다
거리에서, 서점에서, 미술관에서
많은 얼굴들이, 책들이, 그림들이
인사를 건넨다… "행복하세요?"
거리에서 마주친 사람들의 눈이
책 속 빽빽이 자리 잡은 글자들이
그림 속 주인공들과 풍경들이
행복하라고 응원해 준다
오늘 만난 행복하거나 불행해 보이는
모든 사람이 행복하길 우리 인생처럼
매일 얼굴을 바꾸는 달님에게 기원한다

나이 들수록 하늘을 찌를 듯 꼿꼿이
커가는 메타세콰이어 나무를 바라보며
그 생명력에 치밀어 오르는 메스꺼움을
참아보려 억지로 행복한 미소를 지어 본다
대폿집에서 소주병이 잔에 부딪히며
산사 풍경소리처럼 명징하게 묻는다
오늘 하루는 행복했나요?
불을 끄고 베개를 베고 누우니
깊은 어둠 속 나의 머나먼 과거가
찾아와 내게 묻는다
그래서… 지금 행복하냐고
불을 끄고 이불을 덮고 누우니
어둠 속 세상의 끝, 머나먼 훗날이
찾아와 내게 말한다
그래도…
지금 이 순간도 꼭 행복하라고

四季

겨울은 떠나갔다
오래전 알았던 사람의 이별처럼
눈 한 송이, 얼음 한 조각 남기지 않고
아무런 인사도 없이 가버렸다
봄인가 보다
따뜻함이 다가오는 게
울긋불긋 화려한 꽃들이
찾아오는 게 눈으로 보여
봄인가
말없이 봄 너마저도 가버리면
여름은 올 것이다
시원한 소나기와 시끄러운 천둥소리와 함께
조금은 두려운 여름이
가을보다 먼저 찾아와서 다행이다
가을이 가도 사랑하는 겨울이 기다리고 있어
가을은 더 행복하다
겨울에도 한낮에는 봄날 같은 따뜻한 순간들이
별책부록처럼 군데군데 끼워져 있고
서로를 안으면 한여름 땡볕보다도 뜨겁다

여름 새벽에도 초가을, 늦겨울 같은
싸함이 안갯속에 이슬방울로 떠다닌다
그녀의 눈물 속에 맺혀있다
구름 흘러가는 맑은 하늘 아래
눈을 감으면 봄이 가을인지 가을이 봄인지
헷갈리기도 하고
커튼을 치고 눈을 감고 소파에 누우면
바깥세상을 잊고 외출을 잊은
게으르지만 바쁜 가난한 예술가의 맘속엔
오늘이 봄인지 여름인지 가을인지 겨울인지
분간이 어렵다 분간을 모른다
정작
우리 맘속에, 우리 사랑 속엔
사계절은 늘 머무는 듯하다

오이도

막걸리 두 통을 마시고
간만에 선릉역에서 전철에 오른다.
생선구이 냄새 진동하는 진양상가
허름한 골목에서의 소주 한잔을 위해
충무로로 터벅터벅 발길을 향하는 나…
복잡한 사당역에서 방향을 잃은 나는
반대편 방향의 기차를 타고 따뜻한
히터 열기에 잠이 든다… 꿈을 꾼다…
꿈속에서 이대로 계속 가다
종착역 오이도에 내리게 되면,
생각지도 못하게 그리운 바다 내음을 맡게 되어
기쁠 것 같다는 생각을 하며,
난 그럼 원래 이곳을 오려 했던 사람처럼
바닷가로 향해 멍게나 밴댕이 회에
시원한 막걸리 한 잔 들이켤 것 같다…
늘 이곳을 그리워했던 사람처럼…

개는 후각이 뛰어나다

시원하게 목욕을 마치고 약암온천 야외주차장에서
갑자기 출출함을 느낀 난 차 트렁크를 뒤지다가
예전에 먹다 남긴 육포 한 조각이 든 봉지를 발견한다
그 순간 그 냄새를 맡고 주차장 옆 작은 창고에서
슈나우저 한 마리가 하이에나처럼 내게 달려온다
꼬리도 흔들지 않고 육포와 내 눈을 번갈아 노려본다
한참을 고민하다 반으로 갈라 서로 나눠 씹는다
육포가 사라지고 슈나우저도 가버리고 혼자서
주차장에 잠시 서 있는데 가족을 따라 온천에 온
강아지들이 내게로 달려온다 내 손가락을 바라본다
아까 육포를 쥐고 있던… 고민하다 육포를 반으로
갈라서 슈나우저에게 던져 주었던 내 검지 중지를
바라보며 꼬리를 흔든다. 개는 참 후각이 뛰어나다

왜 사랑이 변하니?

동대문 헌책방 거리를 찾아 헤매다 잠깐
목을 축이러 들어온 종로의 동네 호프집
우연히 엿듣게 된 어느 커플의 슬픈 대화
오늘도 집에서 온종일 술 퍼마셨냐?
아이고 이 아저씨야…그러다가 죽어요
왜 밥을 안 먹는데? 이렇게 뼈만 남아서
제발 죽으려면 나 없을 때 다른 데 가서
확 뒈져 버려. 나 있을 때 놀래키지 말고
손이 없냐 발이 없냐 왜 밥 안 먹고 굶어?
오늘도 굶었다는 풀죽은 오십 대 아저씨
배곯은 아저씨 데리고 와 어묵탕에 소주
사주며 밥 좀 해먹으라 타박하는 아줌마
서로를 부르는 호칭으로 봐서는 같이
산 지 몇 년 안 돼 보이는 외로운 중년들
실직한 남자와 일 나가는 당당한 아줌마
가만히 혼나던 아저씨의 조용한 항변
그럼 아침에 밥이라도 얹혀놓고 나가
야 이 인간아 넌 손이 없냐 발이 없냐
내가 얼마나 바쁜지 알면서도 그러냐

밥이라도 해놓으면 오뚜기 짜장 소스
사다가 비벼서 밥을 먹어보도록 할게
나가기 전에 오 분만 시간 내면 되잖아
네가 쌀 씻어 밥하면 되지 왜 자꾸 그래
혼자 집에 누워 있으면 밥하기도 싫어
답답하고 측은하기도 해서 아저씨에게
햇반 사 드세요, 라고 얘기를 하려다가
오뚜기 짜장 소스를 아는 사람이 햇반의
존재를 모를 리 없을 테고 저렇게 계속
밥을 해달라고 부탁하는 건 아마도
마지막 남은 알량한 아저씨의 자존심
자기를 챙겨주길 바라는 아직도 자기를
사랑하는 맘이 남아 있는지를 묻는
외롭고 슬픈 외침처럼 내게 들려왔다
밥은 안쳐 놓고 나가란 말이 갑자기
아직도 나를 사랑하기는 하는 거니?
라고 환청처럼 들리고 한때는 불같이
뜨거웠을, 그래서 살이라도 떼어 먹여
줄 것 같았던 시절이 이들에게도 분명
있었을 거란 생각이 들며 괜히 내가
번데기 안주 추가하며 소주를 들이켰다

단편소설

어디로 훌쩍 여행을 갈 때면
항상 두 손은 자동차 핸들에
수갑이 꼭꼭 채워져 있었다
혼자 떠나는 이번 여행에는
그 수갑을 훌훌 풀어 버리고
텅텅 빈 강릉행 버스를 탄다
자유로운 두 손은 동해로
향하는 짧은 몇 시간 동안
단편소설 하나를 써주었다
너무 외설적 너무나 우울한
너무 퇴폐적 너무나 허무한
단편소설이 쓰여 있었다
수갑이 풀린 두 손을 가진 내
뇌는 내가 감당할 수 없는
자유를 누리고 있었나 보다
바다를 보며 별빛을 안주로
술 마시고 바람과 얘기하고
서울행 버스 타고 돌아오며
모범적이고, 매우 활달하고,

사고가 건전하다고 알려진
또 다른 나는 기억 속에서
그 단편소설 원고를 시커먼
종이 파쇄기에 꾸역꾸역
힘껏 밀어 넣고 있었다
하얀 마스크를 다시 얼굴에
조용히 뒤집어쓰고 있었다

시선집중

편의점이나 공원 벤치에서
가끔 혼자 술을 먹다 보니
심야라 보는 사람도 없고
종이컵 하나 사기도 뭐하고
나무도 살리고 환경도 살리고
이런저런 이유 막 갖다 붙여
소주나 막걸리는 컵 없이
병나발을 자주 불곤 한다
비 오는 날 제대로 된 안주
생각이 나 동네 물 좋은
실내포차에서 오돌뼈 안주에
장수 막걸리를 마시는데
나를 흘끔흘끔 쳐다보는
옆 테이블 손님들과 알바생
내가 혼자라서 쳐다보나?
오늘 화장이 잘 먹혔나?
이십 년간 뭐 바른 적 없는데…

아니면 얼굴에 뭐 묻었나?

내 뒤에 연예인 앉아있나?

알바 학생! 왜 쳐다봐요?

“사발 아까 갖다 드렸는데…”

“막걸리 사발 여기 있잖아요…”

오징어 볶음밥

몇 년째 집 근처 식당에서 점심으로 똑같은
스파게티를 먹는다는 송창식 아저씨처럼
내가 좋아하는 오징어 볶음밥을 자주 먹으러
갈 수 있는 집 근처 식당을 찾아보기로 했다
그렇게 집 근처 한식당, 중식당, 술집 등을
애타게 찾아 헤맨 지 벌써 여러 주가 흘렀다
긴밤천국, 양념이 너무 맵고 김치가 맛없다
산해진미, 오징어가 국산이 아니라 아웃
짱짱반점, 대왕오징어로 만드는 것 같다
버들주점, 안주라서 양이 많고 비싸서 아웃
헤헤분식, 양도 적고, 국물과 김치가 맛없다
몇 주간의 오징어 볶음 순례에도 찾지 못한 맛
약속이 있어 먼 길을 떠나 낯선 곳 어느 식당
강화식당, 인상 좋은 아주머니께 여쭤본다
(메뉴에 없지만) 혹시 오징어 볶음밥 되나요?
오징어 볶음밥 잡수고 싶소? 좀만 기다려요

그렇게 만난 오징어 볶음밥은 내가 찾던 맛
세상일 내 맘대로 쉽게 되는 거 하나 없지만
그래도 이렇게 멀리서라도 행복한 점심 한끼
인생사 쉬운 일 하나 없다지만 이렇게 엉뚱한
곳에서 답이 나타나기도 하는구나 하는 깨달음
"아줌마, 혹시 가게 이사할 생각은 없으시죠?"

할아버지와
빈 의자 친구

한강 변 주차장 근처 세븐일레븐
편의점에서 가끔 보는 할아버지
각 잡힌 모자에 밤에도 선글라스
비 오거나 습한 날이면 나타나서
술집들을 돌아다닌다고 한다
술집에서 안 보이면 편의점 구석
야외 테이블에서 늘 혼자 술이다
늘 혼자인데도 항상 대화 중이다
손과 팔을 휘저으며 작고 쳐진
어깨를 들썩이며 웃고 얘기한다
앞에 아무도 없는데 누군가의
이름을 부르고 웃고 소리치고
한동안 아무 말 없이 있기도 하고
어느 날 밤 옆에서 술 마시며
그 모습을 쭈욱 보고 있자니
안쓰럽기도 하고 무섭기도 하고
"아저씨, 이제 집에 가 쉬세요"
…
"아저씨, 그럼 저 먼저 갑니다"

다음날 물을 사러 편의점으로
들어서다 놀라 발길을 멈추는 나
어제 모습 그대로 등을 보이는
할아버지, 술병, 빈 의자 친구
밤새 나눌 얘기가 그렇게 많았나
"아저씨, 이제 집에 가 쉬세요"
(아저씨, 오늘 밤 술 한 잔 같이 하시죠
지금은 볼 수 없는, 이젠 만날 수 없는
그리운 사람과 만나고 대화하는
그 신비한 마법을 제게도 꼬옥
가르쳐 주세요)

무슨 요일의 할아버지

자정 무렵이면 가끔 공원 근처
전봇대에 나타나시는 할아버지
근처 벤치에서 휴식을 취하는
내게 와 늘 같은 질문을 한다
어이, 오늘이 무슨 요일이야?
쉬운 질문 같아 보이지만 쉬운
질문이 아닌 어려운 물음이다
처음에 무심코 답을 드렸다가
틀린 답을 드린 적도 많았다
왜냐하면, 그 할아버지께서는
자정이 되기 오 분 전, 십 분 후
자정이 막 되려는 순간에 주로
화두와 같은 질문을 훅 던지고
내 답변을 기다리기 때문이다
그러며 내 답변도 바뀌어 갔다
"수요일이요!"와 같은 단답형에서
조금 전 목요일 방금 금요일이요
지금 화요일인데 십 분 후 수요일

늘 자정 무렵 나타나는 할아버지가
가끔은 몇 시냐고 묻기도 한다
"자정이네!"를 내게 알려주는 분이
몇 시냐고 묻는 화두 같은 질문
오늘이 무슨 요일인지 심지어
무슨 달인지도 헷갈리는 나도
할아버지처럼 팔순 나이 때면
남은 인생 하루하루의 개수가
할아버지처럼 많이 궁금해질까
시계탑처럼 자정이면 나타나서
내게 무슨 요일을 묻는 할아버지
내게 살 날이 얼마 남았는지
갈 날이 언제인지 알고 살라며
지금 하루하루가 중요하다고
할아버지 얼굴은 부적이 되어
내게 최면을 걸고 주문을 건다

신포주점

세 번째 방문 만에 빈자리가 있어 허락된 입장
긴장 반 설렘 반, 문을 열고 들어가는 순간
노 취객들은 낭만 소울 충만한 랩(Rap)에
흐느적흐느적 하우스댄스를 추고 있었다
시인, 화가들이 자주 들렀다던 레전드 대폿집
옛 주인은 이젠 없지만, 술값 대신 받았을 그림과
빛바랜 벽 위의 시구들이 조용히 내게 인사한다.
"아이고, 어째 이런 어린 손님이 다 오셨대?"
이웃 테이블의 60대 누님들의 뜨거운 환영 인사
양장점을 하신다는 멋쟁이 누님, 내가 주문한
바지락 고추장찌개 너무 맵게 만들지 말라며
술 마시다 주방에 선 주인장 누님에게 당부한다
박대구이에 막걸리 한 통을 후딱 비운 내가
바지락 고추장찌개 국물에 소주잔을 비우는데
공깃밥 시켜 말아 먹으라고 엄마처럼 참견한다

"술이 쓰지 않은 건…
 인생이 조금 더 쓰기 때문이지…"
"얼마나 사랑하기에 그렇게 오랫동안

수화기를 내려놓지 못할까…"
"신포주점에서 막걸리에 얼큰히 취한 나…
신포주점을 나서며 혹시 그녀가
따라오지 않을까 자꾸 뒤돌아본다…"
"내가 죽거든
술집 술독 밑에 묻어주오
운이 좋으면
밑동이
샐지도 모르니까…"

옆 테이블 누님들, 형님들의 무지갯빛 대화 너머로
벽에 쓰인 낙서를, 역사를, 인생을 한참 바라본다.
모두가 서로서로 사랑하고 모두가 사랑받는 이곳
소박한 위로와 안녕의 축제가 매일 열리는 이곳
이곳은 진정 가난한 시인과 화가들의 명예의 전당
어제의 눈물이 오늘의 달콤한 한잔이 술이 되어
외로움, 슬픔, 고달픔을 술로 달래주는 신포주점
"주인장 누님 오래 사세요…" 벽에 내 맘을 남긴다

민들레

어릴 땐 봄에 피어나는 민들레를 보면
이현세 만화 속 여주인공을 떠올리며
꼬마 시절 풋풋한 풋사랑을 생각하거나
길에서 사다 키우던 병아리를 추억했다
학창시절 바람불고 노을 지는 강변에서
'민들레 홀씨 되어' 노래를 흥얼거리며
고백하지 못한 사랑을 노래하곤 했다
이제 나이가 들어 매일 산책하는 공원
잔디밭에 잡초처럼 무성히 피어나는
민들레를 보면 피로한 나의 간을 위해
몇 포기 몰래 뜯어다가 깨끗이 씻어
뜨거운 물에 데쳐 맛있게 민들레 나물
무쳐 먹는 맛있고 멋없는 생각을 한다

연필

책상 위에 연필이 없었을 땐 몰랐었다
나무 연필 한 자루가 책상 위에 놓이고
연필 속 까만 연필심과 인사하기 위해
오랜만에 칼을 들어 연필을 깎아본다
갈색 연필이 책상 위에 놓이고 나서
하얀 종이도 책상 위에 놓이게 되었다
책상 위에 연필과 종이가 함께하니
둘은 마주 보고 볼을 비비고 대화하며
멋쩍게 야금야금 글을 써 내려 간다
길고 조용한 나무동굴 속 까만 연필심은
금맥 같은 글맥이 동면하고 있는 곳
연필 속 길고 긴 태곳적 암흑 동굴 속엔
내가 아직 보지 못한 많은 글과 얘기들이
화석이 되어 침묵하며 잠자고 있다
연필 속 길고 어두운 해저 터널에는
비를 맞으면 화석의 잠에서 깨어나
사랑과 슬픔, 행복과 고독의 조류를
자유롭게 떠다니는 많은 시어詩魚들이
서로 멀리 떨어져 외롭게 살고 있었다

이경원

주머니 속 지갑에 이만 원이 들어 있다
중학교 때 '이만원'이란 친구가 있었다
이만원의 동생 이름은 '이천원'이었다
물건값이 이만 원일 때면 가끔 생각난다
지갑에 만원 두 장이 있을 때면 생각난다
생각해보면 이 만원이란 이름 말고도
사 씨 성을 가진, 오 씨, 육 씨, 구 씨 성의
사만원, 오만원, 육만원, 구만원이란
비싸고 멋진 사람도 살고 있을 것 같다
그러고 보니 조원과 경원이란 이름을
가진 내 주변 사람들이 남달라 보인다
나랑 술자리를 오십 번은 함께 했던 것
같은 당산역 근처 사는 이경원 선생님
우리 오래오래 살아서 이경원 선생님
이름 값어치만큼만 술값으로 써보고
건강을 위해 독하게 술을 끊어 봅시다.

露宿者

캠핑을 갔네　자연이 오네　텐트를 치고
침랑 속에서　잠을 청하네　잠자다 보니
별이 안보여　침랑만 들고　밖에서 눕네
침랑 속에서　갑갑한 다리　침랑을 벗고
별들을 보네　무겁게 꾸린　텐트와 침랑
갑갑한 텐트　갑갑한 침랑　따뜻한 별밤
다 소용없네　하늘과 땅이　침구류의 甲
나는야 천상　천상 노숙자　자연 노숙자
별밤 하늘은　폭신한 이불　땅과 잔디는
따뜻한 침대　별과 은하수　별똥별 영화
콜라 사이다　팝콘 없어도　찬 계곡물에
아카시아 꽃　뻐꾸기 노래　소리 들으며
잠을 청하는　방랑 노숙자　자연 노숙자
도시 밤거리　소주에 취해　허무에 취해
벤치나 계단　잠자리 삼아　슬픈 꿈꾸는
나는야 천상　도시 노숙자　이러다 정말
내집 놔두고　자연 노숙자　도시 노숙자
될지도 몰라　원래부터 난　방랑 노숙자
이미 노숙자　원래부터 난　本態 노숙자

편의점 도시락

사람 그립고 술 고픈 새벽 세 시
혼자 술 먹는 이에게 고마운
편의를 제공하는 밝고 빛나는
가게에서 소주와 도시락을 산다
도시락이 레인지에서 데워지는
몇 분간의 소음은 잠든 쓸쓸한
도시에 울려 퍼지는 락(Rock)
잠 덜 깬 식욕을 깨우는 음악
별다방 커피 한 잔 값도 안 되는
도시락엔 불고기, 떡갈비, 치킨,
볶음 김치, 나물, 계란찜…
평소 가는 국밥집에서도 주지
않는 맛난 반찬들이 가득하네
편의점 도시락은 술집 문 닫은
심야엔 최고의 주안상, 한정식
자주 오면 알바생이 불쌍히
여길 테니 아주 아주 가끔 만나자

나의 주안상 도시락 님아

편의점 예쁜 알바생 아해야

담에 내가 술 고파 또 오거든

박주산채일망정 없다 말고 내어라

장수막걸리와 도시락을 내어라

호미화방 가는 날

일 년에 한두 번 성스런 의식처럼
캔버스를 사러 들르는 곳
갈 때마다 멋진 이젤 양孃이 입구에 서서
언제 날 데려갈 거냐고 나를 반기는 곳
당분간 캔버스를 안 사겠다 다짐했건만
하얀 마약 가루가 뿌려진 천으로 만들었을까?
끊을 수가 없네
계산대에서 훌쩍 오른 캔버스 가격에
적잖이 놀란다
사려던 사이즈보다 작은 캔버스로
사려던 개수의 반만 사고
남는 돈으로 놀고 있는 아는 형님들을
불러 한우고기에 소주를 먹는다
비싼 캔버스 위에 그려진 내 그림이
석쇠 위에 잘 구워진 고기와 소주만큼
감동과 즐거움을 줄 수 있을까
나 홀로 그림 그리는 그 시간들이
누군가 함께하는 이 시간들만큼
행복과 위안을 줄 수 있을까

그날 밤 난 꿈을 꾸었다

고생고생 사온 새 캔버스들을

호미화방에 되팔아서

서울역 광장 따뜻한 태양 아래

꿀맛 같은 낮잠을 자는 사람들과

술과 고기를 사 먹었다

내 그림도 누군가에게 술과 고기 같은

행복과 즐거움이길 바라며

분리수거실에서

매주 일요일 저녁이 오면
난 분리수거를 하러 간다
엄숙하고 경건한 맘으로
슬프고 우울한 맘 더해서
지하 1층으로 내려가며
난 고소공포증을 경험한다
음식물은 조심스럽게 먼저
일반 쓰레기는 멀리서 슛
그러고 나서 엄숙한 절차
종이
플라스틱
비닐
스티로폼
캔 금속
병 유리
하나씩 꼼꼼히 분리한다
내 머릿속 기억과 상념도
내 가슴 속 추억과 사랑도
먼 훗날 시간이 멈추는 날

나를 이루던 탄소, 인, 수소…

분리수거되는 날이 오겠지

그래도

그래도

아주 아주 작은 추억이라도

나를 생각해주는 아주 작은

기억이라도 조금은 남아라

김치찌개

모처럼 폭염도 쉬어가는 밤
밤바람 서늘하게 불어오고
맥줏집 야외 테이블에 앉아
앞 테이블에 앉아 소곤소곤
대화 중인 섹시한 두 여성을
느긋하게 바라보며 간만에
안주도 시켜 맥주를 마신다
여유롭고 조금은 우아하게
느끼한 술안주 탓이었을까?
느끼한 내 상상 탓이었을까?
엉뚱하게 몇 년간 술안주로
생각해본 적 없는 김치찌개
돼지고기 넣은 김치찌개가
깜짝 내 머릿속에 등장한다

아가씨, 여기 계산해 주세요!

아니 손님 벌써 가시려고요?

네 김치찌개 먹으러 갑니다!

생각났을 때 바로 가야죠…

언제 훅 갈지 모르는 인생

하고 싶은 건 하고 가야죠…

생각났을 때 바로 당장이요…

축소인간

바다에서 수영하고 숙소로 가는 길에 있는 옥수수 경작지를
지나다 농부가 뿌린 농약이 피부에 닿는 걸 경험하고 얼마 후
부터일까 피부에 통증을 느끼고 어지럼증을 경험한다 피부가
조여져 오는 느낌 팔과 다리의 관절에 느껴지는 묘한 압박감
내 몸의 땀과 옥수수밭에 뿌려지던 농약의 화학반응 때문에 난
작아지고 있었다. 며칠 후 눈에 띄게 작아진 나는 가족의 시선을
피해 차마 그들에게 인사도 하지 못하고 숨는다
기름 저장고처럼 커진 거대한 나의 연필통… 코끼리보다 훨씬 더
커버린 고양이… 이젠 얼굴조차 볼 수 없을 정도로 거대해진 내가
아끼던 강아지… 그들이 커지고 있는 게 아니라 내가 작아지고 있다
와이프는 이젠 너무 커져서 내가 불러도 내 목소리를 듣지 못하고
거대한 빵가루를 가지러 온 개미조차 중생대 티라노사우루스만큼
크게 보이고 희망을 잃은 나는 사랑하는 가족들에게 맘속으로
영원한 이별을 고한다. 난 곧 작아져서 눈에 보이지 않을 정도로
사라질 거야 그래 빠르게 작아져서 곧 완전히 사라지고 말 거야…
삼십여 년 만에 이런 꿈을 꿨다
초등학교 때 읽었던 소설 속 주인공이 되었었다. 작아진다는 것은
없어진다는 게 아니란 걸 작아진다는 것은 계속 변화하고 있다는
것을 세상이 영원히 확장되어 가고 있다는 것을 다시 한 번 깨달았다

작아지는 것은 계속되는 움직임이 있어서 그 존재가 사라지지 않는다는 걸 삼십여 년 만에 꿈속에서 다시 깨달았다 그간 헌책방을 돌아다니며 얼마나 이 책을 찾아 헤매었는지… 그래 헌책방에서 구할 수 없다고 해서 그 책이 사라진 건 아니다 아직도 어딘가에서 주인공과 함께 그 책 역시 계속 작아지고 있을 것이다. 모든 것은 무상하다… 작아지는 것은 사라지는 것이 아니다… 중성자, 원자, 쿼크 그리고 열두 살에 만난 그 축소인간과의 여행은 영원히 끝이 없다

속독의 비결

나는 남들보다 아주 빠른
속도로 책을 읽는다
그래서 남들보다 더 많은
책들을 읽을 수 있다
속독과 다독 나만의
놀랍고 평범하고 시시한
특급 비법은
'대충 읽는다는 것'이다
중간고사 기말고사가
사라진 나이 든 사람은
책을 읽는 것도
사람을 만나는 것도
내게 다가오는
인생사 일들도
모든 일에 다
너무 진지해지지 말고
때론 대충 임하는 것도
잘사는 비법 중의 하나다

….

라고 또 나는 대충대충

다짐하려고 한다

흑백영화

안 불러도 어김없이
또 찾아온 주말
늦은 밤 아니 이른 새벽
벽시계 초침 소리
꺼져가는 내 맥박처럼 우렁차게 울려대는
심심하고도 야속한 밤이면
사냥에 나서는 숲 속의 부엉이처럼
눈을 크게 뜬다 부릅뜬다
손님을 맞듯 창문을 크게 연다
안녕하세요!
이 시간이면 오래된 흑백영화가
상영되는 케이블 채널을 켠다
이내 난
1960년대 종로 거리를 걷는다
대폿집에서 슬픈 표정의 아리따운 여배우와
사랑에 빠지고, 클럽에서 트위스트 춤을 추고
지금은 찾아볼 수 없는 풍경의
광나루, 마포 강변, 남산공원, 광화문 광장에서
사랑을 나눈다

아버지와 함께, 아버지가 되어

이제 그만 보고 자요~

내일 출근 안 해요?

뭔 재미로 그런 옛날 영화를 봐요?

대답 없는 나

창문이 바람결에 저절로 닫힌다.

이제 아버지가 가시나 보다

아무도 찾지 않는 흑백영화가

이제는 볼 수 없는 아버지를

아버지가 걷던 거리를

아버지와 함께했던 기쁨과 슬픔의 사건들을

아버지의 흑백 사진 가득한 앨범처럼

말없이 얘기해 준다

아버지, 안녕히 가세요

다음 주 흑백영화관에서 또 봬요

종로3가에서

강한 햇빛, 모두들 그늘만 찾는 오후
태양을 온몸으로 받으며 뜨거운 길 위에
누워 웃고 있는 잘 생긴 노숙자 청년
손에 쥔 소주병에는 커다란 가로수
잎들과 가지들이 꽂혀 있다
네게 줄 수 있는 건 태양뿐이라는 듯
하늘을 향해 높게 뻗은 소주병
식물은 태양에 감사의 인사를 한다
식물과 태양 그 역시 모두 행복해 보였다
근처 중국집 계단에는 중년의 커플이
마주 보고 낮술을 즐기고 있다
사랑하는 여인의 아이를 대신 잉태한 듯
남자의 배는 봉분처럼 부풀어 올랐다
복수 가득 찬 배에 알코올을 채우고 있는
아픈 그 남자와 그 여자 모두 신기하게도
행복해 보였다
정적인 노숙자들 사이를 하루살이처럼
앵앵거리며 분주히 왔다 갔다 하는 양복
차림의 노숙자

오래전 회사에서 잘린 이후 아직도
집에 귀가하지 못하고 있다는 듯
손에는 서류뭉치를 입으로는 영원히
끝나지 않을 업무 대화를 중얼거리고
있었다
끊임없이 할 일이 있어 보이는
그 역시 매우 행복해 보였다
후배를 기다리는 종로3가에서의 하오의 십여 분간
노숙자들을 바라보며 그들이 행복해 보인다고
느낀 내가 요새 제정신으로 살고 있나 자문하다가
갑자기 나타난 후배와 얼음처럼 차가운 냉면을
후루룩 먹으며 근황을 묻고 떠오르는 근심을 숨기며
조언을 해주고 사업이 잘되어 행복하길 기원해 주었다

히치하이크

동트기 직전 새벽녘에 무거운 새벽공기와
가로등 불빛 물든 어둠을 가르고
강변북로를 달리다…
긴 머리의 낯선 여인을 만나다
밤새 비를 맞은 건지 슬픈 사연을 날려버리려
한강에 점프했다 다시 살아나온 건지
온몸은 젖고 긴 머리는 앞으로
흘러내려 얼굴이 보이지 않던 그녀
내 차를 보고 손을 흔든다
서서히 속도를 늦추는 나
그녀는 한쪽 팔만을 느린 재즈 리듬에 맞춰
흐느끼듯 귀찮은 듯 흔든다
당황, 혼란스러움, 두려움에 주저 주저하다
그냥 반포대교 밑을 지나친다
그녀의 기괴한 모습이 떠올라서
태워줄 걸 그랬나 하는 미안함에 사로잡혀
스산한 안개에 목적지 길을 잃고 낯선 산길로
들어섰었다
그 길은 공동묘지로 향하는 길

몇 달 후 겨울비 내리던 새벽
강변북로를 벗어날 즈음
비에 흠뻑 젖어 비틀거리며 길을 헤매는
긴 머리 아가씨가 눈에 들어온다
구두도 없이 맨발로 외투도 없이 블라우스 차림으로
겨울비처럼 서럽게 조용히 울고 있는 아가씨
새파랗게 변해버린 붉은 입술 사이로 흘러나오는
알코올 냄새 진동하는 그녀의 떨리는 음성
"저 좀 집에 데려다주세요"
"경찰을 불러드릴까요? 무슨 일 있었나요?"
"아니에요. 그냥 집에 데려다주세요"
핸드백도 핸드폰도 잃어버렸다는 그녀
경찰도 불러서는 안 된다고 하는 그녀
어쩔 수 없이 뒷좌석에 태우고 히터를 켠다
그녀가 말하는 유리구슬 호텔로 향하는 내내
그녀는 내게 중얼거린다
"집에만 데려다주시면 돼요"
"집에만 데려다주시면 돼요"
"모든 게 다 괜찮아질 거예요"
"아저씨, 감사합니다"
술에 잔뜩 취한 그녀가 추위에 몸을 떠는 소리
그녀 치아가 아래위로 빠르게 부딪히는 소리를 들으며
유리구슬 호텔을 찾아가는 나

비에 젖은 그녀가 탄 뒷좌석엔
처음으로 비가 내리기 시작했다
그녀의 눈물인지, 몸에서 내리는 겨울비인지
좌석은 축축이 젖어가고 있었다
"이 방향이 맞나요?
 왜 유리구슬 호텔이 안 나오죠?"

(조용)….

아가씨는 곤히 잠들었다
"아가씨!"
"아가씨! 근처에 다 온 것 같아요… 일어나 봐요"
잠에서 깨어난 아가씨는 소리를 지른다
"아악~…
 여기가 어디예요?
 어디로 저를 데려가시는 거죠?
 아저씨 누구세요?"

"아가씨 왜 그러세요?
 저 기억 안 나요?"
"조금 전에 제 차에 타셨잖아요"
나를 빤히 쳐다보는 그녀
고개를 흔들며 눈물을 보이는 그녀

(조용)….

“유리구슬 호텔은 어디에 있나요?”
“유리구슬 호텔이요?”
…

“아저씨, 반포대교로 다시 방향을 돌려주세요”

며칠 후 나는
반포대교에 현수막을 건다
“사람을 찾습니다.
2월 22일 비 오는 날 새벽 2시경
유리구슬 호텔로 가자고 함께 차를 타고 갔었던
검은 블라우스, 검정 치마를 입은
머리 긴 여성분을 찾습니다
내 심장과 눈을 가지고 간 이 여성을 아시는 분은
유리구슬 호텔 222호로 연락해주시기 바랍니다”

슬픔이여 안녕

우울한 사람이 있었다
왜 사는지 왜 돈을 버는지
고민이 많은 우울한 사람이 있었다
그래서 주말엔 그림을 그리곤 했다
그리고 갑자기 사라진 그는
몇 년을 깊은 산 속 동굴 속에서
우울에 밥 말아 먹고
고독을 전 부쳐 먹다가
어느 날 홀연히 내려와 가게를 열었다
가게에서 밥과 빵을 술과 안주를
싸게 팔았다… 무료로 주기도 했다
외로운 사람들이 모여들기 시작했다
우울한 사람과 외로운 사람들은
대화를 나누기 시작했다
목마른 그리고 배고픈 사람들이
모여들기 시작했다
우울한 사람은 그들에게
밥과 국을 안주와 술을 빵과 주스를 팔았다
배고픈 사람들 외로운 사람들 목마른 사람들이

그에게 보람과 행복을 주고 갔다
비가 오고 눈 오는 장사 안되는 날에는
가게 문을 닫고 그간 번 돈을 들고 나가
이웃 가게를 돌며 밤새 술을 마셨다
흐르는 세월을 슬퍼하던 젊은 아가씨가
누드화를 그려 달라고 졸랐다
우울한 사람은 오랜만에 붓을 들었다
우울한 사람은 더는 우울하지 않았다
배고픈 사람도 목마른 사람도 외로운 사람도
더는 그러하지 아니했다
어느 날 우울했던 사람이 웃으며
가게에 간판을 새로 달았다
'슬픔이여 안녕'
배고픈 슬픔이여 안녕
외로운 슬픔이여 안녕
목마른 슬픔이여 안녕
허무한 슬픔이여 안녕

발우공양

휴대전화에 문제가 생겨 LG전자 서비스센터에서
'참을 인' 자 되뇌며 두 시간 묵언 수행 끝내고
많고 많던 점심 인파 다 지나간…
DMZ 한복판 같은 고요한 음식점 거리를 지나다
갑자기 시원한 냉면이 먹고 싶어 뜨거운 계단을
기어올라 개미 한 마리 보이지 않는 이 층 구석
한가한 냉면집으로 들어간다
고요한 오후 네 시의 적막을 깨고
식당 문이 스르륵 열리고
하안거 중이신 주인장은 카운터에서 묵언 수행 중
선풍기 바람 한 점 없는 인적없는 식당에
조용히 의자를 당겨 안고
눈빛으로 냉면을 주문한다
산사의 고요함을 깨기 싫어… 적막함을 즐기려
후루룩 소리도 내지 않고 조용히 냉면을 흡입하며
불편하지만은 않은 오후의 침묵을 즐긴다
재채기 아니 잡념이라도 조금 할 것 같으면
죽도가 등 뒤로 날라올 것 같은 엄숙함 침묵 속에
끝난 발우공양

국물 한 방울, 육수 위에 떠다니던 참깨 하나
남기지 않고 깨끗이 비운 냉면 그릇을
티슈 한 장 뽑아 깨끗이 닦는다
냉면 한 그릇의 사색을 끝내고
산사 문을 나서며 노승에게 조용히 인사한다
맛있게 잘 먹었습니다.
주인은 내게 염화미소로 화답하고…

꼬막

벌교에선 노인이 나이 들어
입맛을 잃어가다
꼬막에 대한 입맛마저 놓아버리면
이제 명이 다했구나 여긴다고 한다
문득 나에게 꼬막 같은
끝판메뉴는 뭘까 궁금해졌다
동태찌개, 꼬막찜, 고등어구이,
오징어 볶음, 낙지 볶음, 돼지 수육
뼈 해장국, 해삼, 멍게, 꼼장어구이,
영덕대게, 광어회, 순대 볶음
도토리묵, 취나물, 오이소박이,
총각김치, 동치미 국수, 안동국시
열무 국수, 비빔냉면, 나박김치,
오이 냉국, 은행구이, 홍합탕
….
벌교 꼬막 이론에 의하면
나는 먹고 싶은 것들이 많아
끝판메뉴 정해지는 데
시간이 오래 걸려

뜻밖에 오래 살 것 같다

먼 훗날 저승사자가

장준혁 고객님 끝판메뉴 리스트

점검하다 시간 걸려 야근하느라

그래서라도 더 오래 살겠네

눈 오는 저녁

열두 살 때였던가
어느 겨울 눈 내리던 날
형과 내가 함께 쓰던 방에서
우리 네 남매가 모두 모여
따뜻한 온돌 위에서
캐시미어 담요를 두르고 앉아
조용히 책을 읽고
시시덕거리며 수다를 떨고
우리 방에 잘 들어오시지 않던
무뚝뚝한 아버지가 그날따라
그 방 좁은 틈을 비집고 앉으셔서
함께 책을 보고 웃고 이야기하시고
나는 누구에게 물려받았는지조차
기억나지 않는 오래된 책 향기 품은
조흔파 선생의 얄개 책을 읽고 있었고
커다란 창밖 너머로 간간이
동네 개들이 돌아가며 멍멍 짖고
갑자기 내 친구는 창문 밖에서
나를 부르며 눈 오는데 어서어서

놀러 나오라고 졸라대고
아버지는 우리에게 맛있는 간장 떡볶이
만들어 주시겠다며 부엌으로 나가시고
그렇게 서서히 창밖이 어두워지고
그래도 소리 없이 묵묵히 눈은 내리고
소리 없이 묵묵히 행복이 쌓이던
내 오랜 기억 속의
행복했던 눈 오는 저녁

카뮈를 읽다

여덟 살 소풍을 다녀온 날
집에 아무도 없어
문밖에서 기다리다 배고파서
가방에 남아 있던
삶은 달걀을 찾아 껍질을 까서
노른자는 내가 먹고
흰자 부위를 잘게 쪼개어
옆집 병아리들에게 먹으라고
던져 주었다
그게 어떤 일인지도 모르고…
그날 밤 나는
컴컴한 어둠 속에서
죽음에 관한 꿈을 꿨다
악몽을 꿨다
놀라 깬 나는 어둠 속에서
옆에서 자고 있는
형을 보고 형의 다리를
생명의 동아줄이라도 되는 양
꽉 껴안았다

그 이후로 나는 어두운 밤이면
깜깜한 천장을 바라보며
점자로 가득 쓰인
카뮈의 책들을 중얼중얼
소리 내어 읽으며
밤잠을 설쳤다

은행구이

서울역에서 한강대로를 따라
오래전 지어진 낡은 건물들을
두리번두리번 구경하며 운동 삼아
어두워지기 시작한 저녁 거리를 걷는다
때로는 거리의 사람들보다도
내 눈에 먼저 들어오는 건
오래된 낡은 집과 옛날 건물들
때로는 그것들이 생명을 가진
사람처럼 친구처럼 느껴질 때가 있다
언젠가는 사라질…
너희들도 오래오래 살아남아라
주라기 때부터 지금까지 가장 오래
살아온 식물… 거대식물
거리의 은행나무와 대화를 하며 거리를 걷는다
오래된 생명의 신비함을 생각하다가
갑자기 은행구이가 먹고 싶어져서
남영동 후암동 갈월동 청파동 원효로의
술집들을 돌아다니며
은행구이 안주를 찾는다

한 시간을 넘게 돌아다녀도 여름이라 그런지

은행구이는 끝내 나타나지 않았다

은행구이에 시원한 맥주 한 잔 하고 싶었는데

…

너무도 서러워서

난 길에서 눈물을 흘릴 뻔했다

마음을 추스르고 롯데리아로

기어들어가 밀크셰이크를 원샷 했다

빙고

외삼촌네 진돗개가
동네 이름 모를 아담한 개와
눈이 맞아 태어났다는 잡견 빙고
엊그제 우리 집에 새끼강아지로
처음 왔던 것 같은데
벌써 십여 년의 세월이 흘러 너도 많이 늙었구나
아무리 맛난 음식을 사다 주고
네가 가장 좋아하는 뼈다귀를 왕창 갖다 줬어도
빙고 너를 생각할 때면 늘 맘에 걸렸던 건
네 짝을 구해주지 못했던 거…
아무리 좋은 집에
좋은 방석에
맛난 음식을 먹어도
집 마당에서 온종일 기다리며
매일 매일 얼마나 심심하고 외로웠을 거란 걸
잘 알면서도
같이 놀 친구를 만들어 주지 못했던 거…
그런 네가 어느 날 집을 나갔고
빨리 돌아오길 바랐지만…

아마도 어릴 적 내가 읽었던 책 속
동물들의 전설과도 같은 이야기…
어떤 동물들은 죽을 때가 되면
아무도 모르는 곳으로 가서 죽는다는…
그래서 너도 죽을 때가 되어서
네가 가야 할 전설 속의 그곳으로 간 것이라면…
그게 정말 맞다면 다음 세상에서는
우리 아니 사람 품으로 오지 말고
맛있는 음식 넘쳐나는 넓고 넓은 초원 벌판에서
너 닮은 예쁜 색시 강아지 만나서
귀여운 새끼 낳고 초원을 뛰어다니며
행복하게 잘 살기를 바란다

휴가 나온 군인

휴가 나온 외로운 군인 공원 벤치에 홀로 앉아
지나가는 여자들만 눈이 빠져라 쳐다보네
그 옆 벤치 혼자 앉아 계신 백발 할아버지
말동무 찾아 군인 자리로 다가가서 앉으시네
그 작대기가 계급이 뭔가?
우리 때랑 많이 달라서 내가 못 알아보겠어
나는 1952년도에 입대했어… 고향은 진해이고
혼자 심심하셨던 할아버지 방언 터지시고
둘 간 대화는 나이 많은 곳에서 적은 곳으로
폭포처럼 떨어지는 일방통행 일장 연설
건너편 벤치에 앉아 듣는 팔순 노인 무용담
플루타르크 영웅전만큼 재미있지만 오랜만에
휴가 나와 그 귀중한 시간 여자랑 알뜰살뜰
보내고 있어야 할 저 군인 불쌍해 어찌할까
강원도 읍내처럼 커피 두잔 값에 시시덕대며
말 붙여줄 늙은 아가씨들 있는 다방도 없고
옛날 나처럼 아무 버스나 타서 창문 열고
시내구경 하든지 지하철 순환선 타서 전차에
타고 내리는 귀한 여자들 구경이나 하지

왜 이리 날씨도 좋은 날 휴가를 나와서
공원 벤치에 앉아 제대한 지 60년이 넘은
팔십 대 노병의 배고프고 많이 맞고 힘들었던
영웅담을 저리도 착하게 눈 맞추며 진지하게
들어주고 있을까? 휴가 나온 착한 외로운 군인
휴가 나온 저 군인 불쌍해서 어찌할까

파피용

메케한 화학 가스 스멀스멀 사방으로 기어 나오는 화생방 교장
뜨거운 태양 쨍쨍 내리쬐고 그 시커먼 가스실로 체크인 대기 중인
훈련병 군바리 투숙객들은 목을 죄듯 다가오는 공포와 두려움에
할 말을 잃고 우리 조의 시골 출신 순박한 동기생은 처음 맡아보는
씨에스탄 냄새에 이미 공포 제어 불가 난 안 돼. 최루탄 한 번
마셔본 적 없구먼 저기 가스실 들어갔다가 숨 막혀 뒈지면 어떡혀…
그러나 예외는 없는 법… 앞 조 들어가고, 붉은 철문 굳게 닫히고
이어지는 비명 소리, 기침 소리, 주먹과 군화로 철문 두드리는 소리,
군가 부르는 소리… 이제 우리 조가 들어가야 하는데… 이 시골 청년
가스실 입구에서 못 들어간다 버티네
조교들이 발로 마구 차도 바위처럼 꿈쩍 않고 저 죽습니다 죽어요
외치며 버티고 있네 간부가 다가와서 박달나무 지휘봉으로 우리
동기 머리를 사정없이 내리치네… 조교들한테 빙 둘러 싸인 그 친구
지휘봉 연속 타격을 철모 벗겨진 맨머리로 응수하는데 그러다
머리 터지고 피 줄줄 흐르고 지휘봉은 두 동강으로 부러지고 갑자기
그 친구 벌떡 일어서더니 빨간 모자 조교들의 원형 바리케이드 뚫고
근처 녹음 우거진 야산으로 미친 속도로 달리네… 간부는 지휘봉
부러졌다고 화내고, 조교들 낄낄대며 그 꼴 보고 웃고 있고, 간부는
저놈 빨리 잡아와 소리 질러대고 뜨거운 태양 빛은 작살처럼 내리

꽂고 전투복은 마그마 같은 땀으로 젖고 멀리 산으로 뛰어 도망가는
그 친구 잡히지 말라고 맘속으로 응원하며 바라보다… 입장!
갑작스러운 조교 고함에 앞을 보니 씨에스탄 연기로 가득 찬
화생방실 괴물의 커다란 입이 열리고 나는 코와 입을 굳게 다물고
군화발을 살포시 그 냄새 나는 아귀 입속으로 내딛고…

시집을 사다

시집을 샀다
이십여 년 만에
오래전 병장 때 외출 나와
읍내 시장통 서점에서
부대 근처 인제 출신 시인의
시집을 샀었다
그 후로 이십여 년 만에
처음으로 시집을 샀다
이십여 년 전 베스트셀러였던
그래서 서점에 서서 읽었던
가끔 동네 슈퍼마켓에서
아름다웠던 그 시집의 저자를
마주치곤 했던
그 시인의 그 시집을
다시 사서 읽었다
그때 지급 못하고 읽은 그녀의 시집
그녀의 시 '선운사에서'에 대한
감사한 마음을 인제야
시집을 사서 읽으며 지급하였다

아름다웠던 그녀의 시는

지금도 변함없이 아름다운데

그녀의 마흔 잔치는 어땠을까?

그녀의 쉰 잔치는?

수리수리 말술이

할 일도 없고 고민도 없고 스트레스도 없는데
밤이 깊어도 잠이 오지 않아 술을 마셔본다
소주를 한 병 마시니 몸이 후끈 더워져
냉동실에 잠깐 넣어둔 시원한 맥주를 꺼내 마신다
얼음처럼 차가운 맥주 때문에
오싹해진 몸을 데우려 다시 소주를 마신다
다시 몸에 열이 나서 시원한 맥주를 마신다
술을 마시니 수리수리 말술이
시간 가는 줄 모르고 술술 넘어간다
꺼져있던 생각들이 불춤을 추고
머릿속에 쌓여있던 번뇌, 고민, 슬픔, 추억들이
편의점에 고르게 진열된 안주들처럼 되살아나
새벽이 오는 줄 모르고 마신다
시나브로 생각과 동작이 느려지고
아침 녘에 스르르 잠이 들 뻔하다가
술 때문에 가득 찬 방광을 비우러 이내 다시 깨어난다
할 일이 없어, 잠자러 술을 마셨건만
즐거운 할 일들과 반갑게 되살아난 생각들로
가득한 밤tothe새벽…

술에 취해 나의 잠 님께서

먼 길 오시다가 나보다 먼저 잠드셨나 보다

라면 상자

군 시절 고참 때 밤에 출출해서
몰래 막사 뒤로 나가
반합에 물 부어 라면 끓일 때
폐지나 나무 잔가지가 없으면
라면 상자 한 개를 구해다가
삼십 센티미터 플라스틱 자 모양으로
길고 잘게 찢어서
돌 위에 반합 잘 궤어서
그 종잇조각을 장작처럼
하나씩 넣어 불붙여 때우면
보글보글 정확히 라면 한 개를
맛있게 끓여서 먹을 수 있었다
군시절 터득한 비법…
아무도 모르는 라면 상자의 마법
그러나 나무 잔가지보다 구하기 어려운 게
라면 상자라서 거의 써먹을 수 없었던
라면 상자 비법
요새는 군대 좋아져서
뜨거운 물 언제든 구할 수 있고

마트 같은 PX에 맛난 거 많아
라면도 잘 안 먹을 것 같아
전수할 후임도 없을 것 같은
슬픈 라면 상자의 비법

나의 반쪽

서교동 이자카야 사장님
오늘따라 왜 이리
말라 보이나
사장님 밥 좀 많이 먹고
살 좀 찌워봐요
미안한데 요새 체중이
얼마나 나가요
….
네, 저요?
43~44kg 정도 나가는데요
네에? 그것밖에?
….
서교동 스타일난다 골목에
내 반쪽이 있었네
내 반쪽이 여기 있었네
사장님 태진아 노래
동반자 한 곡 틀어주세요

잃어버린 우산

우산을 들고 나가는 날은
우산을 잃어버리는 날이 되었다
중요한 손님을 만나러 가는 저녁
사무실 후배한테 빌려온 고급 우산
맘속으로 우산 손잡이와 내 손을
꽁꽁 싸매었다
오늘은 꼭
우산을 잃어버리지 않으리라
…
다음날 거실에 마구 벗어던져진
내 외투 아래로 어제 빌려온
후배 우산 손잡이가 보인다
휴~ 안도의 한숨
…
한참 후 술 깨고 외투를 들춰보니
손잡이만 남아 있는 우산
나는 아무것도 기억을 못 해도
기둥이 부러진 우산 손잡이는
내가 어젯밤에 무슨 일을 했는지
다 알고 있다

사우나

후텁지근한 휴일
소파 위에 납작하게 뒤집어져
간간이 몸을 뒤집고 굴리며
차가운 에어컨 바람에
서서히 훈제되고 있는 나
새벽 두 시가 되어서야
알코올 충전을 위해 좀비처럼
벌떡 몸을 일으켜 흐느적흐느적
사람 강아지들 썰물처럼 빠져나간
동네 공원 한복판에 선다
연막탄에서 마구 뿜어져 나오는 연기 같은
습한 열대야 수증기의 힘
순식간에 뜨거운 구름 속에 갇힌 공원
이곳은 거대한 습식 사우나
셔츠와 반바지를 벗어 던지고
아무도 없는 공원 벤치에 앉아
뜻밖의 사우나를 즐긴다
쏟아지는 내 땀방울은
수증기가 되어 다시 구름을 만들고

자 이제 비야 내려라

뜨거운 비라도 좋다 내려라

얼른 샤워하고

가던 길 가게

와인과 스테이크

어떡해요 미안해서 조금만 더 기다려 주세요
곧 안주 만들어 드릴게요… 호호호…
(나) 네 천천히 해주세요
(이십 분 전에 시켰는데…시작도 안 했단 말인가)
손님이 많아 혼자 바쁜 와인바 여사장님
(나) 더운데 뜨거운 불 앞에서 안주 만들면
힘드실 텐데 그냥 먹은 걸로 칠게요
아니요… 빨리 해드려야죠
조금만 기다리세요. 호호호
그런데요… 저희 가게에서
스테이크 팔면 잘 팔릴까요?
제가 스테이크 아주 맛있게 잘 굽는데
고기 사다 놓았는데 혹시 안 팔리면
냉동시킬 수도 없고 버려야 할까 봐 걱정이에요
(나) 그래요?…그럼 안 되죠…
저 같은 (사장님 바라기) 손님들 몇 분 더
전화번호 받아 두었다가 고기 맛 갈 것 같으면
하루 이틀 전에 이렇게 문자 보내 봐요
"오늘 좋은 등심 들어왔어요.

싱싱한 스테이크 드시러 오세요."라고…

그럼 다 알 거예요

그리고 그중 몇 분은 스테이크 먹으러 올 거예요

저같이 눈치 빠른 나이 든 남자 손님들은…

스테이크가 잘 안 팔리나 보네… 생각하며

네에엥?(눈이 휘둥그레지며)

정말이요? 호호호…. 감사합니다.

아 참…안주 만들어 드려야지…

(나) 네…천천히 주세요…

(감자튀김도 이렇게 오래 걸리는데 스테이크

안주는 얼마나 오래 걸릴까;;;)

에스컬레이터

요즘 핫하다는 '부산자갈치행' 영화 보러
머리도 안 감고 고무신 질질 끌고
동네 '시지비나가지' 극장으로 향하는 나
에스컬레이터를 막 타려는 순간
갑자기 분내 풍기며 내 앞으로 끼어든
그리스 여신급 섹시한 여성
십 년 전 유행했던 그립고 반가웠던
똥꼬뷜라 청바지 핫팬츠에
검정 하이힐, 노스타킹 날살에
길고 섹시하고 학처럼 우아한 다리
아주 서서히 기품있게 우아하게
에스컬레이터를 걸어 올라가는
아찔해서 찌릿찌릿 감전될 것만 같은
고혹적인 그 여인의 뒷모습
시선을 다른 곳으로 애써 돌려 보려 해도
이미 그건 내게 미션 임파서블
초미니 핫팬츠 밖으로 드러나는
너무도 적나라한 살색 애플힙 라인
부산자갈치행이 아닌

파라다이스행 에스컬레이터에서 내려

바로 다시 돌아 내려가는 나

에이… 오늘 영화는 다 봤어… 다 봤어…

(이 눈에 뭐가 더 들어 오겠어…)

별 헤는 밤

어둡고 쓸쓸한 밤
우울증에 걸린 내 붓으로
마구마구 검정 칠해 놓은 것 같은
까만 캔버스 같은 밤하늘
외롭게 빛나는 별들을 바라보며
먼저 간 가엽고 착한 영혼들을
문득 추억한다 그리고 소리 없이 불러본다
어둡고 쓸쓸한 내 맘 밝혀줄
방향 잃은 내 눈길 내 시선 잡아 줄
그리고 저기 저 외롭고 착한 영혼들의
친구 되어 줄 빛나는 새별들을
팔 높이 뻗어 내 마음속 길고 긴 바늘로
밤하늘을 콕콕 찔러본다
별을 보는 사람의 애절한 맘도
알아 달라고 한번 헤아려 달라고
이렇게 너를 항상 생각하고 있다고
내 마음 찌르는 내 맘속 바늘 뒤집어
하늘을 향해 콕콕 찔러본다
여기도 콕 저기도 콕

더는 외롭지 말라고 콕콕

항상 널 기억하고 있다고 콕콕

콕 콕 콕 콕 콕

거울

자주 들여다보던 거울
나이가 들어가며
언제인가부터 거울을 보지 않는다
술김에 오랜만에 거울을 본다
멍하니 가만히 들여다본다
밖으로 나와 술집 통유리창에 비친
나의 얼굴을 본다
가만히 가만히 들여다본다
거울 속에서 누가 날 부르는 것 같다
아버지의 얼굴을 본다
상점 통유리창 위에 비친
술에 취해 웃고 있는 저 사람은
오래전 흑백 사진 속 아버지의 얼굴이다
거울을 보면
나이 들어 거울을 보면
자꾸만 아버지가 보여서
거울을 안 보게 된다
그래도 어쩌다 술에 취하는 날엔
나도 모르게 나도 모르게

거울을 찾게 된다

조용히 술집 밖으로 나와

유리창에 나를 비춰보게 된다

한참을 조용히 비춰보게 된다

개밥그릇

군시절 위병소 근처에 부대와 담벼락을
같이 쓰는 오래된 흙집 민가가 있었다
가끔 컴컴한 새벽에 경계 근무를 설 때면
고참들은 라면을 끓여 먹으려고 그 민가에
가서 할머니에게 냄비를 빌리곤 했다
내가 이등병 때 라면 마니아 S상병이
그 민가에 가서 냄비를 구해오라고 시켰다
춥던 그 겨울날 새벽
할머니는 주무시느라 창호지 문을 여러 번
두드려도 일어나지 않으셨다
전기도 안 들어오는 부엌은 문도 없이
열려 있어서 어두운 부엌 안을 더듬거리다
냄비 하나를 구해다 줬는데 S상병은
라면을 끓이더니 자기 혼자 맛있게
후루룩 소리 내며 먹었다
지난번에도 그러더니…
며칠 후 냄비를 씻어 할머니에게 갖다
드리러 갔는데 냄비 들고 오는 내 모습을
멀리서 보시자마자 할머니가 소리친다

아이고 거기 있었구먼… 내가 그거 찾다

며칠 동안 개밥을 못 줬어… 우리 집

개밥그릇은 왜 가져갔어?

…

네?…

S상병님 그때 라면 안 나눠주셔서 아주

감사했습니다. S상병은 아직도 그 냄비의

정체를 알지 못한다

하오의 결투

여덟 살 무렵
학교에서 일찍 돌아온 어느 날
어머니가 계시지 않아
빗자루를 들고 방 청소를 하고 있는데
창밖에서 크게 다투는 소리가 들려왔다
무섭지만 궁금한 마음에 살짝 창문 위로
얼굴을 내밀었는데
햇볕이 쨍쨍히 내리쬐던 그 날 오후에
공터 옆 공사장 벽돌을 쌓아둔 곳 옆에서
시커먼 아저씨 둘이서 붉은 벽돌을 들고 팔을 크게
휘저으며 고함을 지르며 싸우고 있었다
나는 무서웠지만 그래도 창문 밖 커다란
스크린 위 하오의 결투 장면을
침을 꿀떡 삼키며 몰래 열심히 관람하고 있었다
한 명의 어린이 관람객을 두고 무대에서
두 아저씨는 서부영화 결투 장면처럼
너무도 리얼하게 싸우고 있었다
그러다가 한 아저씨가 휘두른 벽돌에
다른 아저씨 머리통이 깨져서 시뻘건 피가

머리에서 철철 흘러내리기 시작했다
하얗고 노오란 색깔의 강렬한 태양 빛 아래
한 아저씨 머리에서 붉은 피가 쏟아져 나오는 순간
하오의 결투 그 영화는 19금으로 갑자기 바뀌었고
나는 더는 창문 밖으로 그 영화를 바라볼 수 없었다
여덟 살 무렵 대낮에 방 청소하다
창문 밖으로 바라봤던
온통 노랗게 하얗던 바깥풍경 속에서
붉은 피가 뚝뚝 떨어지던 그 장면을 잊을 수가 없다

아직도 궁금한 건
결국 그 결투는 어떻게 끝났을까?

잊을 수 없는 수업

중3 때
칠순이 다되신 도덕 선생님
자라나는 젊고 어린 새싹들에는
지어서는 안 될 표정으로
종교와 인생에 관해 얘기하시며
불가에서는 인생은 고해라고 하지
인생은 고해야 고해
고통의 바다라고
넓고 깊은 바다와 같은
깊고 큰 고통이라고…
살 날이 얼마 남지 않은
그 노선생이
보들레르와 쇼펜하우어의 얼굴로
강의하던 그때의
그 표정
그때 메신 넥타이
회색빛 닳고 닳은 오래된 양복
너무나도 칙칙했던 수업 분위기
지금껏 살아오며

내가 잊지 못하는
가장 충격적인 한 시간의 수업

DVD player

가만히 보니
TV 아래 DVD player
아주 작은 빨간 전원 등에 불이 켜져 있다
몇 년 전 디즈니 만화영화를
본 후 한 번도 DVD player를
다시 사용한 적이 없었는데
몇 년간 전원은 연결되어 있었나 보다
DVD가 들어오길 기다리며
그렇게 숨죽이며
살았었나 보다
전원은 연결되어
아주 작은 미등은 켜있었지만
작동하지 않았던
숨죽이고 살았던
지난 몇 년간
DVD player는 살아있던 것일까
죽어 있던 것일까
내 기억 속에 잊혀져 있었던
지난 그 몇 년 동안

DVD player는

정말 살아있던 것일까?

미스 하겐다즈

술집 영업시간도 끝난 야심한 밤
서교동 술집 골목을 혼자 걷는다
갑자기 고요한 밤의 정적을 깨며
나를 향해 다가오는 하이힐 소리
우아한 분내 달콤 향수 흩날리며
내게 달려오는 예쁜 어린 아가씨
"오빠앙" 소리치며 내게 안긴다.
더운 여름이라 입은 듯 안 입은 듯
얇은 하얀 블라우스 속의 살들이
내 가슴과 겨드랑이 사이 속으로
"신이시여… 제게 이런 선물을"
"오빠앙… 오빠앙… 잉잉 오빠앙"
애교를 부리며 파고드는 아가씨
내 맘처럼 시커먼 거리 복판에서
심장이 얼어붙어 굳어버린 내 몸
"오빠 하겐다즈 하나만 사주세요"
혀 꼬인 소리로 웅얼대는 아가씨
오! 나의 미스 하겐다즈 씨여!

("내가 하겐다즈 대리점이라도
하나 크게 그대에게 내주겠소")
그렇게 둘이 하나가 되는 순간
"야!…
너 술 많이 마시지 말라고 했지"
미스 하겐다즈의 핸드백을 들고
소리치며 헐떡이며 뛰어오는 남자
엉겨 붙은 우리 둘 앞에 다가와
"미안해….
그냥 하드 말고 하겐다즈 사줄게
그러니까 화 풀고 먹으러 가자…"
미스 하겐다즈와의 별똥별 같은
만남은 그녀의 체취와 체온을
내게 남기고 쓸쓸히 사라져 갔다
사줄 돈이 없어 슬픈 족속이여…
돈 있어도 먹고 싶은 거 사라지고
사달라는 이 없어 더 슬픈 나여…

우연

여의도 쌍둥이건물 동관 9층에서
일하던 시절 계열사에서 전출 온
동갑내기 직원 집들이가 있던 날
신혼집은 송파 작은 평수 아파트
와이프는 어떤 사람일까 젤 궁금
모임 시간까지 시간이 조금 남아
채널을 돌리다 EBS 채널에 고정
낯선 외국 피아니스트의 연주에
넋을 잃고 약속을 잊고 폭풍관람
연주가 끝나 후다닥 약속장소로
사이다 컵에 소주로 후래자삼배
늦어 미안한 마음에 술잔은 계속
그 와중에 흘끔흘끔 쳐다본다
새댁은 지적인 외모의 멋진 여성
손님들은 모두 가고 만취한 나와
신혼부부랑 셋이서 얼떨결 취침
새벽 다섯 시 철문에 쾅 부딪히는
신문소리에 잠 깨 벌떡 일어난 나
짙은 어둠 속 안방에서 나오던

그녀는 나를 보고 귀여운 비명을
뒤도 안 돌아보고 현관으로 도주
며칠 후 미안한 맘에 친구를 통해
전달한 선물 그리고 또 며칠 후
그녀가 내게 선물 감사했다며
보내온 선물 'monologue' 음반
설레며 들어본 음악은 놀랍게도
그날 나를 모임에 늦게 했던 그
피아니스트, 앙드레 가뇽, 그의
슬프도록 아름다웠던 피아노곡들
인연처럼 느껴졌던 놀라운 우연

대학물 먹은 남자

대학생 시절 캠퍼스 정문 앞에서
운동할 때 알던 형님을 만났다
시골에서 올라와 일하며 운동을
배우던 착하고 성실했던 형님
야… 대학교 멋지다. 부럽다.
나도 학교 다니며 여자친구도
한 번 사귀어 봤으면 좋겠다…
부러운 눈으로 캠퍼스를 둘러
보던 형님이 갑자기 사라졌다
화장실이 급했나?…한 오 분 후
헐떡거리며 웃으며 나타난 형
형 어디 갔었어? 한참 찾았잖아
미안해… 수돗가를 찾아다녔지
수돗물 마시고 오는 길이야…
목이 마르면 나한테 얘기하지…
시원한 음료수 마시러 갈까?
아니, 대학교 처음 와봤는데…
대학물 마시고 가야 할 것 같아서
나 이제 대학물 먹은 남자다…

허허 하고 웃던 형님의 순한 얼굴이
가끔 대학 캠퍼스 정문을 지날 때면
생각이 납니다.

국어시험

고3이 되며 이과를 택했다
국어성적이 좋지 않아
이과를 택했는지도 모르겠다
국어시험을 볼 때면
늘 갖게 되었던 의문과 불만
문학을 다루는 국어문제에
정답이 있을 수 있을까?
시험을 볼 때면 대부분
네 가지 답변 모두 정답처럼 보였다
국어문제에 정답이 있을까?
그 주제로 하루 아니 몇 시간 정도만
아주 곰곰이 진지하게 생각해보면
고등학생 때의 나처럼
국어문제에 정답이 있다는 게
얼마나 부조리하고 이상하고 답답한 것인지를
조금은 이해할 수 있을 것이다

축구화

축구를 좋아하는 나는
딱딱한 구두를 신을 때면
축구화를 신고 다녔으면
좋겠다고 생각했다
어느 날 축구화와 함께
검은색 스프레이를 샀다
축구화를 스프레이로
검게 물들이자 검은색
축구화 구두가 생겼다
그렇게 검정 스프레이로
남의 시선들을 지웠다
매일 매일 거리를 걸으며
공원 잔디 위를 걸으며
차려입고 시내를 걸어도
내가 축구화를 신었는지
내가 검정 구두 차림인지
나도 누구도 아무도 모른다
나도 누구도 아무도 관심 없다
남의 시선을 지워버리니
이렇게 좋을 수가 없다

이만오천 원

봄을 맞아 바다를 보며 겨울을 보내려고
멀리 오징어잡이 배 전구 빛을 난로 삼아
찬 새벽을 맞으러 홀로 떠난 동해 안목항
새벽 두 시를 넘어 세지는 바람과 거센 비
모래사장에서 아침을 맞기에는 어려울 날씨
파도 소리 음향 속에 해 뜨는 그 황홀함을
이 새벽 안목항에선 포기해야 할 것 같다
멀리 또렷이 보이는 모텔 네온사인 간판
전화번호를 휴대전화로 조심조심 누른다
"아주머니, 방값이 얼마예요?"
"오만 원이요"
"…"
"왜 이렇게 비싸요?"
"여기 다 오만 원인데…"
"예전에 이만 원 했었는데…."
"…"
"언제요?"
"십오 년 전인가?"
"호호호… 웃긴 아저씨네…"

"이만오천 원에 해줄게… 빨랑 와요"

"네 고맙습니다!"

갈비탕을 먹은 날

맛있다고 소문난 갈비탕집에서
어머니와 함께 갈비탕을 먹는다
왕갈비를 들고 갈빗살을 뜯는다
질기지도 않은 부드러운 살들은
뜯어도 뜯어도 웬일인지 그대로
갈비에 붙어있는 살코기를 보며
졸고 있을 잡견 빙고를 생각한다
사장님 비닐봉지 한 개만 주세요
비닐봉지에 가득 담기는 뼈들
늙은 잡견 빙고를 향한 내 마음
비닐 가득 부풀어 올라 풍선처럼
푸른 하늘 위 구름처럼 흘러흘러
햇살 가득한 빙고 집 앞에 털썩
잔디 위 갈비뼈를 하나씩 하나씩
꼬리 치는 빙고에게 던져 준다
오독 오도독 맛있게 갈비뼈를
뜯어 먹는 늙은 빙고를 바라보는
행복하고 따뜻한 오후의 휴식
맛있는 갈비탕을 먹어 어머니도
나도 빙고도 모두 행복한 하루

그리움

그리움이란 뭘까
외로움의 친구?
외로운 사람이
그리움마저 없다면
얼마나 외로울까?
그리움은 외로움을
위로해주는 친구
고맙고 지독한 친구

바둑판

나도 모르게 찾아온 낮잠
너무 생생한 꿈을 꿨다
아버지가 사용하시던
바둑판이 방에 놓여있고
이상하게도 흑백 두 개의
바둑 집은 보이지 않고
바둑알들은 한 움큼씩
작은 하얀 천 조각 위에서
맑게 빛나며 놓여있었다
아버지는 보이지 않았지만
나는 바둑판 옆에 살짝
검정 모나미 볼펜을
가져다 놓고 나오다 잠이 깼다
어릴 적 젓가락질이 서툴다고
소반에 완두콩을 여러 개 놓고
젓가락질을 알려주셨던 아버지
구구단, 나라 이름, 수도 이름을
가르쳐주시던 아버지
왜 좋아하시던 바둑은

가르쳐 주지 않으셨을까

공부시키려고? 운동시키려고?

그러고 보니 아버지가 가시고

바둑판도 사라졌었네

그 바둑판을 아주 오랜만에

꿈속에서 다시 봤네

꿈속에서라도 다시 봤네

강화식당

맛집으로 소문난 전주집을 찾아
충무로 인현시장으로
그러고 보니 겨울이면
도루묵구이, 도루묵찌개 먹으러 자주 가는
삼각지 허름한 식당 이름도 전주집
사람들로 시끌벅적 만원인 전주집
쑥스러운 혼술족
손님 없는 근처 강화식당으로 들어간다
안녕하세요? 고향이 강화도이신가 봐요
네. 고려산 근처인데.
지금 진달래 축제가 한창이에요
메뉴판을 바라본다
임연수어구이…크기가 얼만 하죠?
크기를 보여주겠다고 들고 오신
참치만 한 임연수어가 너무 커서
소주에 오징어 볶음 안주를 시키고
밤늦은 시간 주인아주머니는 가게 입구에서
두리번두리번 누군가를 기다리신다.
손님은 그냥 지나쳐 보내도

애타게 기다리는 그분은 누구일까
오늘 왜 안 오시지… 오실 때가 됐는데…
걱정하시며 이웃 건물 옥상에 사신다는
할머니를 기다리신다
손님들이 남긴 공깃밥 잔반을 모아두면
할머니가 병아리와 새 먹이 준다고 받으러 와요
오실 때가 됐는데 안 오시네
가게 안에 손님은 없는데
손님보다 할머니를 더 기다리고 계신 주인아주머니
손님들이 배고프지 않아야
공깃밥에 밥이 좀 남아야
할머니네 새와 병아리들은
배를 곯지 않겠네
손님들이 배고파 잔반이 없는 날은
옥상 할머니 새들도 배고픈 날
식당에서 밥을 먹을 때면
혹시라도 공깃밥을 다 못 비우면
어릴 적 외할머니 말씀
밥 남기면 벌 받아요… 어여 다 먹어…
그 말씀 생각나곤 하는데
이곳 강화식당에선
외로운 옥상 할머니 새와 병아리 생각하면
맘 편히 밥을 남길 수 있겠네

인현동 강화식당에는
배고프고 술 고픈 사람들이 모이고
배고픈 새들을 먹이기 위해
늦은 밤 옥탑방 외로운 할머니가
밥을 얻으러 오고
매일 오는 할머니를 기다리며
혹시 무슨 일이 생기지는 않았나
걱정하며 기다리는 마음 착한
주인아주머니가 계시다

운수행각雲水行脚

직장생활에 싫증을 느끼던

회사원 장 모 씨는 전날 먹은 술이 덜 깨고

졸리기도 해서 출근하자마자

웃옷을 의자에 걸쳐두고

회사 뒷문 가까이 있는 사우나로 출근한다

욕탕으로 들어가다 호랑이 부사장님을 보고

얼른 피해 몰래 한증막으로 숨는다

부사장님이 샤워를 마치고 나가는 이십여 분 동안

장 모 씨는 한증막에 갇혀 숨 막혀 죽을 뻔했다

얼굴과 온몸이 벌게져서 나온 장 모 씨는

편의점에 들러 해장용으로 메로나 하드 세 개를 연거푸 먹고

시원한 공기를 보충하러 근처 선정릉으로 들어가

벤치에 누워 푸른 하늘을 본다.

푸른 바다 위를 흘러가는 구름을 바라본다

목을 조여오는 갑갑한 넥타이를 풀러 둘둘 말아

베개 모양으로 만들어 편하게 누워 다시 하늘을 본다

술에 취해서인지 자세히 보니

어젯밤에 보던 별들과 바텐더 아가씨 얼굴들이

하늘에 떠 있는 듯하고

구름이 흘러가는 하늘에는 커다란 강줄기들이
여기저기 끝없이 뻗어 있었다
흘러가는 구름을 바라보다 맘이 편안해진
장 모 씨는 사무실로 돌아가려고 일어나다
다리에 힘이 풀려 그대로 거리에 쓰러진다
쓰러진 그 자세 그대로 오체투지를 하며 힘겹게
사무실에 도착한다
손에는 흙이 묻고 양복바지는 다 해지고
회사원 장 모 씨를 본 부사장은 이게 뭔 거지꼴이냐고
빨리 꺼지라고 소리친다
장 모 씨는 서랍에 고이 감추어 두었던 소주 한 병을
개인 사물함에 경건히 세워놓고 묵념을 하고 회사를 나왔다
길을 걷다가 구름 같은 솜사탕을 한 개 사 먹고
분수대에서 흩날리는 물방울의 움직임을 바라보다
장 모 씨는 은행에 들러 당나귀를 살 돈을 찾아 나왔다
그리고 다시 하늘에 흘러가는 구름을 바라보다
먼저 당나귀를 사러 가야 한다고 생각이 든
장 모 씨는 구름을 보다 말고
휴대전화로 네이버와 구글 검색을 하기 시작했다
그래 떠나는 거야
이게 얼마만의 여행이냐
다시 돌아올 수 없을지도 모르는 여행을
장 모 씨는 너무나도 갑작스럽게 그렇지만 너무나 태연스럽게

오래 준비한 여행을 떠나듯

눈 녹는 어느 따뜻한 봄날

혼자서 결국 떠나고야 말았다

라스베가스를 떠나며

마트도 문 닫고
식당 술집도 문 닫은
새벽 세 시
편의점
아직 술 고픈 눈 풀린 취객의
눈에 뜨인 작은 보드카
이거 참 위험하다
이 시간에 나 같은 취객이
이런 독한 술을
이렇게 편하게 살 수 있다니
우리나라 좋은 나라
니콜라스 케이지도 반할 나라
마트도 문 닫고
식당 술집도 문 닫은
새벽 세 시
나보고 '라스베가스를 떠나며'
영화를 찍으라고
편의점이
이 새벽에

내게

독주를 권하네

나만 아는 비밀

초딩 사촌 동생의 '남은 모르고 자기만 아는 비밀'은 대단했다
아무도 모르게 실탄 여러 발을 집에 숨겨두었다는 것이다
그 일로 외숙모가 학교에 불려갔었다
사촌 동생 왈 자기 여자친구의 '혼자만의 비밀'은
호떡을 땅에 떨어뜨렸는데 아무도 못 보는 사이
몰래 집어 깨끗이 털어먹었다는 순박한 얘기였다
사촌 동생이 내게 물었다
형은 비밀이 뭐예요
나는…
사실은…
이 세상 사람이 아니다
예전에 서울대병원 응급실에서 음주 사고로 사망선고를 받고
누워있었는데 저승사자가 나를 붙잡고 저승길 막 떠나려는데
내가 오줌이 너무 마려워서 화장실 가려고 가던 길 조금만 가다가
발길 돌려 도망쳐서 나왔지
난 이 세상 사람이 아니다
귀신이다 어흥~
놀라 울려는 어린 사촌 동생
…

응급실 얘기는 사실이다
응급실에서 사망선고를 받고도
극적으로 살아난 적이 있다
난 이 세상 사람이 아닐 수도 있다
내가 누구인지는 나도 어머니도 신도
사실은 누구도 모른다

만남포차

시끄러운 일렉트로닉 댄스 뮤직, 멋진 실내 인테리어
브리태니커 백과사전 같은 무궁무진한 안주들이 춤추는 메뉴판
오랜만에 만난 어릴 적 친구들
숨 막힐 듯 커져 오는 취기 속 반가움, 흥겨움, 추억 그리고 회한
차가운 밤공기를 잠깐 마시러 나온 나는
무작정 거리를 걷는다 삼십여 년 전 추억의 거리를
작별인사도 잊고 나와
어느덧 추억의 시간만큼 먼 곳까지 걸어와 버린 나
무심코 지나온 조그만 술집
발길을 돌려 다시 그 술집 앞에 멈춰 선 나
작은 전구와 노란 형광 종이 위에 쓰인 메뉴가 촌스럽고 한가하게
잠꼬대하는 작은 포차, '만남포차'
조기구이, 임연수어구이, 오징어 볶음, 닭똥집, 오징어 데침, 어묵탕
여섯 가지의 단출한 메뉴
금요일 늦은 밤, 한 명의 손님도 없는 쓸쓸한 가게
내 발걸음을 되돌렸던 여섯 글자의 안주 '임연수어구이'
여섯 글자의 안주가 주는 기억에 눈물이 나는 나이가
나도 어느덧 되어 있었나 보다
오래전으로 시간의 태엽을 거꾸로 되돌려

눈물의 창을 통해 다시 가게를 들여다보면
보고 싶은 그분이 친구분들과 웃으며
좋아하시던 임연수어구이에 소주 한 잔 걸치고 계실 것 같다
'임연수어구이'
단 하나의 안주를 파는 포차를 열고
이제는 기억마저 희미한 그분을
단 한 분의 그 손님을 기다리는 만남포차의 주인이 되고 싶다
다시 어린 소년이 되고 싶다

얼음공주

어느 눈 내리는 날 저녁
나이 든 쓸쓸한 방랑객은
아무도 찾지 않는
깊은 산 속 정자에 홀로 앉아
눈 내리는 세상을 내려 본다
한참을 바라본다
혹시 더 만나고 떠날 사람은
없는지 곰곰이 생각해본다
어깨에 메고 온 배낭 속
막걸리 통은 어느새
하나둘 비워지고
올라오는 취기 속에
더는 한기를 느끼지 못하는 노인은
정자 기둥에 편하게 기대어
잠을 청한다
깊고 긴 잠을
그래 곧 얼음공주가 날 찾아오겠지
그러면 이 뜨거운 몸으로
꼭 안아줄 거야

얼음공주가 내 뜨거운

몸에 녹아버리거나

아니면 얼음공주의 차갑고 달콤한 살에

내가 얼어버리거나

그건 내일 아침에 해 떠봐야

알 수 있겠지만

어차피 인생은 게임의 연속

그래 남은 막걸리마저 다 마시고

웃으며 깊은 잠에 빠져 보자고

…

아 혹시 모르니…

나 님아 내 몸둥아리야

그간 아등바등 사느라고 고생 많았네

수고 많았네

zzz…

나방파리

코엑스 주차장 화장실
오줌 누러 변기 앞에서
지퍼 내리고
사격 자세 잡는데
내 눈 바로 앞에 가만히
앉아있는 작은 나방파리
나를 보고 반갑다고
날갯짓을 하네
야 조그만 생명아
이곳에 어쩐 일로 왔냐
너도 오줌 누고 똥도 싸니
너도 너를 낳아준
부모가 있었고
할아버지가 있었고
그리고 그 위에 머나먼
조상들이 있었겠네
너는 어디 살다
이곳 지하 화장실까지
내려오게 되었니

우리 둘이

이곳 지하 어두침침한

화장실에서 만나

이렇게 다정하게

아침 인사를 나누게 될 줄

네가 알았겠냐

내가 알았겠냐

어쨌든 반가웠다

이따 퇴근할 때

또 보자

어디 가지 말고

천화遷化

자연을 사랑한 알코올 중독자 노인

깊은 산 속 자연인 되어

사계절 잘 보내다

기력이 다한 어느 쓸쓸한 가을날

첫사랑을 만나러 가려는 듯

오랜만에 냇가에서 깨끗이

목욕재계 후에

따뜻한 양지에 앉아

술을 마신다

취기가 오르고 불어오는 쌀쌀한

가을바람 피하려고

근처 움푹 팬 구덩이 속으로

들어가 졸다가 자세 잡고

몸을 누이고

불어오는 가을바람은

그 노인 위로 춥지 말라고

흙과 낙엽을 덮어주고

노인은 따뜻하다고

깊은 잠에 들고

그 날 이후로

그 노인을 본 사람은

아무도 없었다

알카트리즈 탈출

학생 시절 어느 추운 겨울날
집으로 가는 74번 좌석버스 막차를 탔다
술에 만취해서 버스 맨 뒷자리에서 잠이 든 나는
뒷좌석 다섯 자리를 점령하여 주무시다
운전기사 아저씨의 시야 사각지대인
좌석 밑으로 떨어졌고 결국 종점에서 못 내리고
동태처럼 꽁꽁 얼어버린 좌석버스 안에 갇히고 말았다
새벽 두 시 반 추위에 깬 나
단단한 유리문은 발로 차도 꿈쩍 않고
탈출할 수 있는 통로는
운전석 옆의 내 머리 하나 간신히 통과할 것 같은
작은 환기창
이대로 얼어 죽을 것인가 탈출을 시도할 것인가
고민하다 작은 창문으로 내 몸을 던졌다
머리는 간신히 통과했는데
내 풍만한 닭가슴살이 창틀에 꽉 끼어버렸다
전진도 후진도 불가능한 상황
내일 뉴스에 얼굴만 좌석버스 밖으로 내민 동사체 발견
이란 끔찍한 뉴스 기사 제목이 떠올라

각고의 몸놀림 끝에 간신히 머리부터 땅으로 착륙한 나

휴 살았다~ 안도감도 잠시…

아뿔싸! 내 가방?

가방을 두고 내렸다

내 보물 워크맨이 들어 있는데

그냥 갈 수 없다

다시 버스 안으로 기어들어가는 나

이번에도 창틀에 꼭 끼어버린 몸

간신히 그냥 다시 밖으로 나오는데

비몽사몽 부지불식간에

예전에 보았던 영화 '알카트라즈의 탈출' '쇼생크 탈출'

주인공들이 내게 귓속말을 건넨다

나는 영하 15도의 추위에 웃옷을 모두 벗고

그 비좁은 창틀 사이로 들어가

보물이 든 내 가방을 들고

무사히 그 무시무시한

알카트라즈를 탈출할 수 있었다

아틀란티스

업무차 부산으로 출장을 갈 때면
아무도 모르게 남포동에 있는
선원 모집 인력사무소를
기웃거리곤 했다
나의 오랜 암송 시
존 메이스필드의 '바다가 사뭇 그리워'의
시구 같던 그때 내 마음
하얀 고래를 찾아 떠나고 싶었던 내 마음
어릴 땐 글자가 너무 작아서 읽을 수 없었던
이젠 나이가 들어 나빠져 버린 시력 때문에
읽지 않고 있는
아버지가 읽으시던
하얀 표지의 책
'백경' 속의 흰고래
모비딕을 찾아 떠나자
모비딕아 기다려라
너랑 같은 과 같은 종 같은 목
술 상무 술고래인 내가 간다
오늘은 인천 앞바다에서

아틀란티스로의 밀항을 기다리고 있는 나
어제 꿈속에서 계약금으로 고래에게 주기로 한
대왕오징어의 양이 적었나
나를 태우러 오기로 약속한 향유고래는
끝내 나타나지 않고
차가운 바람만 무심하게
나를 육지로 떠미는
연안부두의 밤

춘회春畵

밤나무 우거진
산기슭 아래
넓고 넓은 대파밭
뜨거운 아침
강렬한 햇살 받아
늠름하게 우뚝 솟아 있는
대파꽃 봉우리들
반찬거리 꺾으러
텃밭에 나온 젊은 여인네
그 모습 보고 살짝 웃고
마침 불어온 바람에
대파꽃 봉우리들
수줍은 여인네를 향해
일제히 추파를 던지네

뮌헨호프

세미나가 있어 오랜만에 들른 여의도 콘라드 호텔
점심시간에 잠깐 예전 직장을 가본다
강가 근처에 뿌리를 내린 거대한 쌍둥이건물
회사 건물은 갑자기 생물이 되어 커다랗게
몸을 세우더니 나를 굽어보았다.
난 그 그림자에 압도되어 숨을 곳을 찾아 달린다
오랜만이라 반갑다고 건물은 키를 더 높이고
허리를 굽혀서 나를 보고 가까이 오라 한다
나는 더 기겁하여 달아난다
지나고 보면 잘한 것은 잊히고 미안한 것만
기억에 남는 법
쌍둥이건물 그림자의 추적을 피해 달아난 곳은
여의도역 근처 오래된 먹자빌딩
1층 구석에는 아직도 뮌헨호프가 있었다
주인은 뮌헨을 가봤을까?
뮌헨에서 맥주와 함께 먹었던 유명한 독일
안주용 과자가 너무 맛없게 느껴졌었기 때문일까
오히려 독일은 맥주보다 우유가 맛있었다는 기억만 남는다
그래도 익숙한 뮌헨 호프 간판이, 바닥에 겹겹이 쌓인

흘린 맥주들의 오래된 퇴적층이 풍기는 묘한 향수 느낌을 주는
이 맥줏집 냄새가 아까 쌍둥이건물이 주던 공포에서
날 해방해 준다
여의도에서 지낸 몇 년의 시간들…
난 회사를 다닌 걸까 아니면 술집을 다녔던 걸까
회사를 열심히 다닌 것 같은데 직장에서의 일이나 업무,
사람들은 잘 기억나지 않아도 이곳 호프집에서 만난 사람들,
옆자리 손님들의 대화 소리, 시끌벅적 싸우는 소리, 다툼,
여자들이 쓰던 화장품 냄새, 무거운 거문고를 들고 다니던
어떤 여자 손님, 빨대로 맥주를 마시던 여자 손님 같은
이곳에서 보고 느꼈던 모든 것들은 너무도 생생히 기억이 난다
회사에 다니며 난 술집을 들렀던 것이었을까 아니면
술집을 다니기 위해 난 열심히 회사에 다녔던 것일까
아까 여의도에서 만난 그 오래된 쌍둥이건물 속에서
내가 아는 십여 년 전의 누군가가 건물 밖으로 기어 나와
혹시 나와 마주친다면 그가 나를 바라보는 시선이 또는
내가 그를 바라보는 시선 역시 매우 슬플 것 같아서
나는 그렇게 그 괴물의 시선을 피해 이 익숙한 술집으로
달려온 것은 아닐까
다시 묻는다
나는 일을 하기 위해 이곳 여의도에 있었던 것일까
아니면 술을 먹기 위해 회사도 다니고 있었던 것일까
조명이 잘 들어오지 않는 뮌헨호프의 구석진 자리에

홀로 앉아 나는 주문을 한다

아저씨, 오징어하고 시원한 생맥주 한 잔 부탁합니다.

아 그러고 보니 오랜만이군요… 잘 지내셨죠

아저씨가 웃으며 주방으로 들어간다.

십여 년 전에 회사를 다닌 건가 술집을 다녔던 것인가를

고민하는 나는 지금은 여기에 술을 마시러 들어 온 것인가

아니면 살기 위해 술을 마시러 들어온 것인가

얼음처럼 차가운 생맥주 한 잔을 들이켠다

할 일 없는 오후 그 뜨거운 대낮에

나를 쫓아오던 쌍둥이건물이 눈물을 흘리고

그 눈물은 빙하가 되어 내게 미안하다며 내 몸속으로

벌컥벌컥 들어오고 있었다

이제는 나를 잊어도 된다고

나를 위로하고 있었다

겨울 애상

몇 년 전 아주 추운 겨울날
잠이 안 와서 새벽에 눈 내리는
공원 구경하러 호수공원에 갔다
갑자기 꽁꽁 언 호수를 보니
그 위를 김연아처럼
멋지고 우아하게 달려보고 싶었다
용기를 내어
피겨 동작으로 휘휘 미끄러져
호수 가운데 도착할 무렵
갑자기 쩌억 쩌억
얼음 갈라지는 소리
아이고~
불 꺼진 공원엔 사람 한 명 없는데
이를 어쩌나
본능적으로 몸을 낮춰
바닥에 바싹 엎드려
아주 천천히 조심스럽게
얼음 위를 기어서
건너편으로 이동했다

그 와중에 쩌억 찌억

무시무시한 음향효과는

계속 나오고

한 겨울날

내 얼굴과 몸은 땀으로 젖고

휴~ 간신히

건너편에 도착한 나는

너무도 창피하고 무서워서

그날의 일을

아무한테도 얘기하지 않았다

맨발의 청춘

초저녁부터 영동대교 근처 술집에서
부어라 마셔라
이곳저곳 술집 다니다가
혼자 남은 난 너무 취해
청담동 골목가 벤치에
구두를 벗어놓고
잠이 드네
새벽 한 시 동네 아주머니
나를 흔들며 깨우네
이를 어쩌나
개 아니면 고양이가 물어갔나
구두 한 짝이 없네
말쑥한 정장 차림에
한쪽은 구두 다른 쪽은 양말만 신고
아직 인파 많은 청담동 거리를 거니네
구두 살 가게도 문 닫았고
높이가 달라 걸음걸이가 불편해
구두 한쪽마저 버리고
아예 두 쪽 다 양말 차림으로

그냥 걸을까 아니면

이 상태로 계속 걸을까

고민하다가

둘에서 갑자기 하나가 된다는 것이

얼마나 슬프고 불편할 것인가를 생각하며

술 좀 곱게 먹자는 다짐 속에

두 발 모두 맨발 차림으로

청담동 거리 많은 인파 속에서

잡히지 않는 택시를 잡고 있었다

컵라면

공원 편의점

고흐의 별의 빛나는 카페 같은…

북극성을 바라보며 고흐를 생각하며

압생트 대신 컵라면

오늘은 뜨거운 물 조금 부어

에스프레소 새우탕면

어제는 미니 비엔나소시지 토핑한

오징어 짬뽕 컵라면

내일은 포장만두 몇 알 넣어

속 든든한 만두 컵라면

이 시간

차가운 밤하늘 아래 땅 위에

뜨거운 건 너뿐이구나

차디찬 밤의 온도를

뜨겁게 올려주는 너

삭막한 밤의 정서를

뜨겁게 울려주는 너

나를 뜨겁게 해준

너는 이렇게 식었구나

식지 않는 사랑 열정은 없을까?

오늘도 난 컵라면 바리스타가 되어

깊은 밤 쓸쓸함을 안주 삼아

고흐를 생각하며

압생트 대신

컵라면 한 컵을 들이킨다

킹콩

명동에 있던 가톨릭 병원으로
아버지는 형과 나를 데리고
아버지 친구 병문안을 마치고 나와
조금은 우울하신 표정으로
근처 허리우드 극장으로 영화 '킹콩'을 보러 갔었다
아버지는 킹콩 영화를 보고 싶으셨다
킹콩이 상영하는 극장으로 걸어가다
날아라 태권브이 만화영화
전단을 본 나는 그 자리에 멈추어
그 영화를 보자고 우겼다
아빠는 킹콩을 보러 가자고 하셨고
나는 태권브이를 보고 싶다고
울고불고 난리 치며 바닥에서 데굴데굴 굴렀다
킹콩을 먼저 보고 나중에 태권브이 보면 안 될까?
아빠의 설득은 먹히지 않았고 어린 나는
울며 소리치며 태권브이를 외쳤다
결국 우리 셋은 날아라 태권브이를 봤다
가끔 대한극장, 허리우드극장이 있던
충무로나 낙원동을 지날 때면

킹콩 영화가 생각나고

아버지가 떠오른다

DVD를 사서

결국 보게 된 70년대 킹콩 영화

아버지가 자꾸 떠올라

제대로 보지 못하네

아버지,

킹콩 영화 함께 보게

허리우드극장에서 다시 만나요

언제든지요

그때는 정말 죄송했어요

왓슨즈에서

물티슈를 사러
손님 한 명 없는
왓슨즈에 들어온 나
향수 판매대에서
사지도 않을 여자 향수
이것저것 킁킁 맡아 보다
물티슈 세 개를 들고
카운터에 올려놓았더니
아까부터 나를 지켜보던
어린 여자 알바생
표정이 이상하다
아이고
이게 아닌데
나는 얼른 다시 뛰어가
물티슈를 들고 온다
…
내가 아까 들고 왔던 건
물티슈가 아닌 여성용품

아현동을 지나며

시끌벅적한 신촌과 이대를 지나
인적 드문 아현동 거리를 지날 때면
한적한 거리, 드문드문 보이는 사람들 사이로
떠오르는 많은 얼굴들
한참을 숨참은 고래가 물 위로 떠오르듯
내 기억 속으로 튕겨 들어오는 얼굴들 그리고 추억들
어둡고 차가운 거리를 밝혀주는 가로등 불빛처럼
따듯하고 밝게 피어오르는 기억들
여의도와 마포에서 술 마시다 버스 끊기면
비틀비틀하며 찾아가던 아현동 옥탑방 친구 집
안줏거리 없나 열어 본 냉장고 속에는
투게더 아이스크림 한 통만이 덩그러니 놓여있었고
뜨거운 젊음을 연료 삼아
눈 내리는 추운 겨울밤
투게더 한 통을 퍼먹으며 소주를 비우고
우린 알코올과 행복을 채웠다
외로울 때면 들렀던 '비밀'이란 이름의 술집
외로워서 고양이 여러 마리와 함께 산다는 그곳 바텐더
고양이를 닮은 그녀의 집도 아현동 어딘가라고 했다

'애기얼굴'이란 내 단골 술집의 매니저
그림을 좋아했던 그녀가 태어난 곳도 아현동이었다
미술을 반대했던 아버지가 미술 도구들을
모두 내다 버려 그녀를 슬프고 아프게 했다던
어린 시절의 아픈 추억이 깃든 동네가 아현동이라고 했다
'빨강' 와인바에서 알바를 했던 양주회사 다니는 별이
집이 인천이라 마지막 버스가 끊기면 아현동에 사는
'남자를 좋아하는 남자 사람 친구' 집에서
신세를 지곤 한다는 인상적인 얘기를 들려주던
그녀의 술 마시는 밤 아지트도 아현동이라고 했다
오랜만에 다시 찾은 아현동 거리
오래된 골목과 집들은 자취를 감추고
회색빛 아파트 숲이 아마존의 열대우림처럼
하늘을 뒤덮을 듯 무성하게 자라나고 있다
이제 다시 어느 눈 내리는 겨울날
아현동 사거리에 우연히 다시 온다고 해도
그 눈 내리던 겨울날의 하얀 눈만큼 하얗던
투게더 아이스크림을 안주로 내놓던 친구가
오롯이 다시 생각이 날까
고양이를 닮은, 미술을 사랑했던, 양주 회사에 다니던
그 바텐더, 카페 매니저, 와인바 알바생의 얼굴 그리고
그들과 나눴던 대화들이 다시 떠오를까?
너무 변해버린 이곳, 이곳이 여전히 아현동인 것일까?

아니면 내 기억과 함께 사라진 것일까?
이제는 사라져 버린 아현동 거리의 모습
함께 사라져 갈 오래된 얼굴들 추억들
그러고 보면 이 세상의 모든 거리와 골목은
사람이고 그리움이고 사랑이 깃든 추억이다

외로운 사람들

크리스마스이브 분주한 거리
양꼬치구이집에 혼자 들어온 나
옆 테이블 커플의 시끄러운 대화
"남자 친구한테 잘 해줘…
 여자가 이해를 많이 해줘야 돼"
"네, 오빠도 언니한테 잘하세요"
직장 선후배 간의 훈훈한 대화
오가는 술잔 속에 변해가는 둘의 대화
"오늘 내 집에 들렀다 갈래?"
"왜 그래요? 저 그렇게 쉬운 여자 아니에요"
이미 둘은 술에 취해 부비부비 한 몸
오늘 둘이 뭔 일 나겠네

포장마차로 옮겨 꼼장어 구이에 소주 한잔
바로 앞 테이블에 앉은 커플
애절한 눈빛의 가난한 여자와 졸린 눈의 남자
부잣집 남자의 손목에서 빛나는 시계
생일선물로 다른 여자에게 받았다는 비싼 시계
지금 그 남자 앞의 여자도 선물 상자를 끼고 있다

갑자기 눈물을 흘리는 그녀
"월급 모아서 담엔 꼭 더 좋은 선물해 줄게요"
"화장품 세트인데 받아 주세요"
아가씨 그 남자는 당신을 사랑하지 않는 것 같아요
신파극을 더는 볼 수 없어
소주 한 병을 비우고 포장마차를 나선다
단골 이자카야에서 새우튀김에 소맥을 시킨다
내 옆에는 다정한 중년의 커플이 대화 중
오랜만에 만난 직장 동료 커플
여자는 이혼녀, 남자는 아직도 싱글
남자는 기분이 좋아 술을 퍼마시고
자꾸만 술을 못 마시게 말리는 여자
그래도 계속 술을 마시는 남자
"그럼 오늘은 없어! 나 그냥 집에 갈 거야!"
갑작스러운 여자의 말에 고분고분해진 남자
술잔을 내려놓는다
두 분 좋은 밤 보내시길

초저녁부터 자정까지 술집을 돌아다니며
아주 행복해 보이는 외로운 사람들을 만났다
다들 행복해 보여도 사람들은 다 외로운가 보다

왜 사냐고 묻기에

술자리에서 취한 친구가
너는 왜 사냐?
고 묻기에
돈이 있어서
아직 구매력이 있어서
산다고 말했다
쇼핑객처럼…
농담 같은 답변이었지만
살아가는 것은
엄밀히 말해
물건을 사듯
돈
이 있어야
살 수 있는 것이다

김상병 중위

사병으로 군 생활을 한 예비역들은

제대한 지가 아주 오래됐어도

가끔 시내나 지하철에서 멋진

제복을 입은 육사 생도나 ROTC 장교를 보면

아직도 아주 조금 부러운 맘이 들 때가 있다

3호선 충무로역에서 탑승한 육군 중위

육사 출신일까? ROTC 출신일까?

제복 멋지고 체격도 좋고 호남형

아주 멋지네

나의 먼지 풀풀 나던 일빵빵 땅개 군 생활과

달리 얼마나 멋진 군 생활을 하고 있을까

시설 좋은 BOQ 숙소에

맛있는 간부식당에

주말엔 다방 아가씨 보러 외출에

부러운 맘이 들다가

문득 그의 명찰을 본다

그 멋진 중위의 이름은

성은 김가요 이름은 상병

가자미를 구워 먹으며

오늘은 월급날
급여일이면 항상 잊지 않고, 챙기는 건
어머니에게 드리는 용돈
적지 않은 돈일 수도 있지만,
어떤 금액의 돈도 많다고 생각되지 않는 돈
어떤 액수의 돈도 적다 생각 안 하실 돈
몇 년 전부터 돈의 액수를 늘리는 대신
늘리는 만큼의 돈은 어머니와 함께 쓰기로 했다.
그렇게 시작한 것이 함께 장보기
치킨 족발과 술을 사서 함께 시간을 보내기
동네 마트에서 장 봐와서 어머니와 함께 식사하기
얼마 전 마트에서 늦은 저녁에 장을 보며
여러 가지 먹을거리를 고르다가
커다란 가자미와 갈치를 사와
집에서 늦은 저녁을 어머니와 먹으며 얘기를 나눈다.
족발 뼈다귀는 강아지에게 별생각 없이 주곤 했는데
이 커다란 가자미 생선뼈는 너무 크고 날카로워서
이 뼈는 강아지에게 주면 위험하겠으니
나는 주어선 안 되겠다고 말하고

어머니는 강아지가 알아서 잘 먹을 테니 줘도 된다고 하시고
그렇게 승강이를 벌이다가
강아지에게 맛난 걸 던져 줄 때의 그 기쁨을 놓치기 싫어
살을 많이 남겨 놓은 가자미들을 생선뼈째로 주고 들어와
창문으로 강아지를 몰래 쳐다본다.
껍질과 살은 광속으로 먹어 치워도
내가 걱정했던 뼈는 먼 산을 보며
삼킬 수 있을 때까지 천천히 꼭꼭 씹은 후에 삼킨다.
강아지도 참 영리하구나
다음 날 낮에 어머니와 마당의 잡초를 뽑으며 생각해본다
행복이란 무엇일까?

흉몽

꼭 따라오시겠다고 한다
입대하던 날도 안방에 계신 어머니께
잘 다녀오겠다고 인사만 하고
입영열차를 탔었는데
오랜만에 휴가 나온 둘째 아들
휴가 끝내고 강원도 가는 길을 굳이
따라오시겠다고 하신다
관절염으로 한 번도 면회를 오시지 못했던
어머니가 이번 휴가 복귀 길은
꼭 따라오시겠다고 한다
강원도로 향하는 버스 안에서도
근심 어린 표정으로
창밖과 나를 번갈아 바라보시는 어머니
터미널에 내려서 부대까지는
버스 타고 또 걸어가야 하는 먼 길
더 가겠다는 어머니를 만류하고 터미널에서
국수를 함께 먹고 어머니를 보내드린다
어제 어머니가 흉몽을 꾸신 것 같다
어머니 덕분에 나머지 군 생활을 잘 마친 것 같다

어머니의 직감은 소름 끼치도록 대단하신 것 같다
어머니 덕분에 무사히 군 생활을 잘 마친 것 같다

시 같은 삶

채우는 데만 바빴던 젊은 시절
늘 행복을 주던 서점 안에서도
여백이 많은
그래서 내 생각과 사고를 더 요구하는
페이지 수가 적어서 두께가 얇은
그래서 채울 것이 없게만 느껴졌던
시집은 언제나 이방인처럼 때론 사치품처럼
느껴졌었다.
그만큼 난 바빠요 바빠…
작은 글자로 가득 채워진 두꺼운 책들을
이야기들을, 도표를, 숫자를, 전문용어를
빠르게 읽어대는 즐거움에 빠져 있었다
나이가 들어가며 어느 순간부터
여백이 많은 그래서 생각이 쉬었다 갈 수 있는
시집이 좋아진다.
시집을 들면 목을 꼭 조여오는 넥타이를 풀어헤친 것처럼
시를 읽으면 꼭 끼는 속옷을 훌훌 벗어 던진 것처럼
신호등이 없는 도로를 달리는 것처럼
그냥 좋다.

기억에 없는 그리고 기억할 수 없는
내가 태어나던 그 순간이 하얀 백지라면
시간이 흘러 내가 돌아갈 순간도
모든 기억과 감정의 글자들도 작아지고 줄어들어
하얀 백지로 채워진 시집의 한 페이지 같았으면 좋겠다.
그렇게 하얀 백지 같은 시집을 남기고 떠나고 싶다
요약본, 정석, 완결판, 특집이란 수식어가 불필요한
일반화되지 않는…
어떤 잣대에도 걸릴 것 없는 바람과 같은 구름과 같은
욕심 없는 시집 같은 삶을 살고 싶다.

별이 된 소년

주말 공원을 걷고 있는 엄마와 꼬마
뾰로통한 얼굴로 마지 못해 엄마를
따라가고 있는 세 살쯤 되어 보이는 아들
엄마와 아들의 거리는 점점 멀어지고
화가 난 엄마
빠이 빠이 잘 있어 엄마 먼저 간다
아들에게 소리치고는 뛰어간다
빨리 따라오라고
놀랍게도
그 꼬마는 세상 다 산 듯한 표정으로
무표정하게 서서 엄마에게
손을 흔들며 작별인사를 한다
잘 가!
놀라 울컥한 엄마는 서서
눈물을 흘리고
난 오랫동안 잊고 있었던
영화 '별이 된 소년'을 떠올렸다

이웃집 사람들

술에 취해 엘리베이터를 탔다
집 현관문 앞에 서서
비틀거리며 도어락 비밀번호를 누른다
띠리릭~ 문이 열리고 익숙하게
안방을 찾아 침대에 앉는다
이상하다 집안의 공기 침대의 쿠션
그리고…
악! 누구세요!
갑자기 들려오는 날카로운 비명
처음 보는 이 여자는 누구인가?
죄송합니다 내뱉고 얼른 문을 열고 도망친다
엘리베이터 앞에서 층수를 보니
우리집 위층이다 소름이 싸악
어떻게 비밀번호가 같을 수 있나?
집에 들어와 멍하니 물을 마시고
소파에 누워 숨을 고르며 천장을 바라본다
놀란 가슴을 진정시키려 잠깐 눈을 붙이는데
조용히 우리집 도어락 번호 눌리는 소리가 들린다
잘못된 번호가 계속 입력되며

삐익 삐익 에러 알림 소리가 난다
이 새벽에 누구일까
나는 인터폰을 통해 현관 밖을 내다본다.
윗집 여자인가? 아니다.
검은 점퍼를 입고 모자를 눌러쓴 남자가
우리 집 현관을 보고 있다 도어락을 노려보고 있다
술에 취해 욱한 나는 신고 대신 문을 박차고 나가
밤손님과 몸싸움을 한다
온몸을 날려 바닥에 눕히고 팔꿈치로 가격하고 제압한다.
도둑놈아 가자 경찰서로…우선 경비실로 가자
엘리베이터로 허리춤을 끌어 잡고 일 층으로 내려간다
가만히 보니 만취한 남자 손에
검정 봉투가 쥐어져 있다
칼이나 망치가 들어 있나 해서 뺏어 열어보니
과자와 빵이 들어 있다
아저씨 누구세요?
아저씨는 누구인데 우리 집에서 나오시나요?
취한 아저씨 되레 내게 묻는다
혹시나 해서 아래층으로 데려가서
문을 열어보라 시킨다
한 번에 비밀번호를 정확히 누르고 딸아이가
달려 나오더니. 아빠! 하고 반갑게 맞이한다
이상한 하루다

다음 날 케이크를 사 들고 찾아가 윗집 여자에게 사죄했다
며칠 지나서 엘리베이터에서 그 남자를 만났다
모른 척했다 그 남자도 날 기억 못 하는 듯했다
엘리베이터 타는 게 불편해지기 시작했다
며칠 또 지나 엘리베이터를 타고 내려가다
아래층에서 그 아저씨와 딸아이가 함께 탔다
아저씨 웃으며 내게 인사를 건넨다
그 아저씨가 딸에게 아저씨한테 인사드려야지
말하며 내게 인사를 시킨다.
그리고 내리면서 내게 하는 말
이웃끼리 친하게 인사하며 지내요
…
수학을 좋아했던 나
대한민국에서 윗집 아랫집 네 자리 비밀번호가 정확히 일치할 확률
그리고 술에 취해 같은 날 윗집으로 홈스틸 연속으로 잘못할 확률
이 두 사건이 동시에 일어날 확률은 도대체 얼마나 될까

삼일빌딩에게

내가 잉태될 무렵
너도 터파기 공사 중이었고
내가 세상에 태어날 무렵
너도 정초를 세우고
세상에 탄생을 알렸지
너 때문에 거리를 걸으며
오래된 빌딩을 만나면
정초를 찾아보는 버릇이
생겼나 보다
어릴 적 지금은 없어진
고가도로 옆에서
너를 올려보던 기억들이
엊그제 같은데
이제는 세월이 흘러
너도나도 많이 변했구나
얼마 전에
몇십 년 만에 처음으로
널 추억하며
엘리베이터를 타고

너의 발끝부터 머리끝까지

척추를 관통해 올랐었지

그간 많은 사람과 회사들을

품고 내어주고 했겠구나

오래 오래 잘 살아라

그래도 내가 너보다

더 살아야 할 것 같은데

그게 쉬운 일 같지만은 않다는

생각이

가끔 드는군

노팬티

내의를 입어본 지 오래
나름 격식 있는 자리라
오랜만에 입고 나간 팬티
온종일 나를 괴롭히네
감옥이 따로 없네
온종일 집에 가서
널 벗어던질 생각만
내가 가장 애정 하는
속옷 브랜드는
캘빈 클라인
제임스 딘 말고
살가죽 '노팬티'
집에 있는 팬티들아
내가 너희에게
독립을 허하노라
어여 사라지거라
아니면
여러 벌씩 바늘로 꿰어
내 마음 닦는 물걸레로나 써야겠다

구속, 속박, 속세의 규범을

박박 닦는 물걸레로나 써야겠다

로베르네집

오랜만에 서교동 로베르네집을 찾다
십 년 전 처음 알게 된 오래된 친구와도 같은 공간
여럿이 또는 혼자서 자주 와도 언제나 편안함을 주던 곳
맥주 한두 잔 그리고 몰트위스키 또는 보드카 일곱 잔을 즐기던 공간
바쁘다는 핑계로 너무 오랜만에 와버린 나
로베르네집을 찾아온 것이 아니라
내가 보고 싶었던 건
어쩌다 웃을 때 귀여웠던 여주인 그리고 그녀의 까망 고양이
주머니 가벼운 작가들의 그림을 받아 주던 마음 착한 타일 벽들
언젠가 꼭 내 그림이 걸리길 바랐던 하얀 타일 벽들
언젠가 로베르네집의 다음 주인이 되어
가난한 화가들의 작품을 걸어주고 싶던 내 마음
일본 라멘집으로 변해버린 나의 로베르네집
이별도 못 하고 보낸 로베르네집
다시는 볼 수 없는 로베르네집의 타일 벽들,
진열장의 오래된 술병들
인파 가득한 홍대 호미화방 골목을 벗어나
합정동 한가한 국밥집에서 소주를 마신다 추억을 마신다
문득 떠오르는 그림 아이디어들

무지개 핀 하얀 구름 속을 둥둥 떠다니는 나
길을 걷다 만난 예쁜 낯선 카페 속으로 무작정 들어온 나
엄마는 안주를 만들고 엄마를 닮은 예쁜 딸은 서빙을 하고
문어 튀김, 홍합이 가득한 라면
소주 두 병, 기네스 여섯 병, 기네스가 더 없어서 코로나 한 병 더
나의 위대한 위 어느 구석에 인터스텔라 급 블랙홀이 생겼는지
마셔도 취하지 않는 날
"한 병 더 주세요…."
"자주 올게요."
"이제 영업 끝났어요 집에 가서 쉬세요 벌써 세 시에요."
(나의 로베르네집이 되어 주세요. 자주 놀러 올게요.)
"이번 주까지만 영업을 합니다."
다음 날 알코올과 함께 사라진 기억이여
떠나지 말고 돌아오라.
막걸리 신, 맥주 신, 소주 신, 양주 신, 모든 술의 신이시여,
좋고 설레던 순간의 기억은 데려가지 말고,
오래된 슬픔, 묵은 번민이나 데려가 주오.

로베르네집이여 고마웠습니다.

수락산을 내려오며

오랜만에 수락산으로 향하는 나
선산이 있는 곳, 할아버지가 계신 산
아버지는 어렸을 때부터 할아버지를 뵈러
수락산을 오르셨을 것이다.
할아버지, 할머니는 아버지가 어릴 때,
외할아버지는 어머니가 어른이 되기 전에
귀천하셨다고 한다
수락산을 오르며 짧은 인생을 생각한다
죄송해요 잊고 살아서,
학림사와 용굴암을 들러 시주하고 절을 한다
어머니 건강하시라고
아버지 그곳에서 안녕하시라고
종교가 없는 나를 위해
나중에 기도해 줄 사람이 있을까?
법정스님, 경허스님, 성철스님,
소설 만다라 속의 스님들
김수환 추기경님, 프란치스코 교황님
직접 뵌 적은 없지만 존경하고 감사합니다
잘 부탁드립니다.

너무 먼 미래를 생각하면 슬퍼져서
가까운 앞날들만 생각하기로 한다
절에서 바라보는 이 멋진 풍경
바람에 흔들리는 풍경소리가 주는 고요 속의 기쁨
소박하지만 깊은 멋이 있는 소리
깨달음을 주려고 날라온 자연의 부름
느린 꿈길 같았던 수락산을 오르는 시간이 지나고
다시 현실로 빠르게 수락산을 내려 돌아오는 길
오래전 하늘로 가신 외할머니를 만나다
수락산을 내려가시는 외할머니의 뒷모습을 만난다
수락산을 내려가고 계신 어느 할머니의
뒷모습이 외할머니의 모습과 너무 닮아서
빠르게 걸음을 걸어 할머니의 얼굴을 보고 싶지만
너무도 빠르게 내려가고 계신 외할머니의 뒷모습
할머니의 발걸음이 빠르셨던 건지
꿈을 깨고 싶지 않은 나의 발걸음이 주저되었던 건지
끝내 외할머니의 뒷모습,
외할머니와 걸음걸이가 너무 닮으셨던
할머니의 얼굴을 보지 못했다

그렇게
오랜만에 만난 외할머니의 뒷모습을 보내드렸다
어머니에게 잘하라고, 잘들 살라고
그래서 나타나신 것 같다
수락산을 내려오며 외할머니는
내게 그렇게 말씀을 해주셨다
오래전 쩌렁쩌렁하지만 사랑 담긴 목소리로
나를 보면 늘 하시던 그 말을
"엄마한테 잘해라."

가을 바다 사람들

나탈리를 보려다 먼 강릉까지 가게 되었습니다.
나탈리가 휘닉스파크에 왔다는 신문기사를 보고
토요일 일찍 서울에서 출발했는데 늦게 도착해
그녀를 볼 수 없었고 서울로 다시 돌아갈까 하다
그래도 미국에서 온 그녀를 꼭 한번 보고 싶어서
차를 몰아 평창에서 가까운 경포대로 향했습니다.
바닷가에서 조금 떨어진 모텔에 숙소를 정하고
주차를 하고, 바람 부는 백사장을 거닐었습니다.
바다를 맘껏 바라보고 추위와 허기가 느껴질 무렵
소설 '서울 1964년 겨울'의 도입부에 나오는
카바이드 불빛이 빛나고 어묵과 구운 참새를 파는
옛날 포장마차 같은 곳이 없나 찾아보았는데
그런 포차가 보이지 않아 바닷가 가까이 있는
작고 아담한 실내포차에 들어가게 되었습니다.
여름이 지난 계절이라 백사장에는 나 혼자였고
실내포차 안의 손님도 역시 나 혼자뿐이었습니다.
젊고 단아하게 생긴 실내포차 여주인은 아무런
인사도 없이 조용히 웃으며 저를 맞아주었습니다.
"꼼장어 한 접시, 라면 그리고 소주 한 병 주세요."

여주인과 나는 떨어져서 작은 TV를 시청하고
내가 소주 한 병을 다 마시고, 취기가 오를 무렵
옆 테이블에 앉은 여주인에게 말을 건넸습니다.
"안 바쁘시면 이리 앉아서 저랑 같이 한잔하시죠"
서울에 살다 바다가 좋아 정리하고 이곳 강릉으로
이사 온 지 얼마 안 되었다는 수줍음 많은 여주인
그렇게 우리 둘은 마주 앉아 술을 마셨습니다.
가게 벽에는 여주인의 남편 사진과 시어머니의
사진이 아주 큰 액자에 나란히 걸려 있었습니다.
여주인 너머로 그 두 분의 사진들을 번갈아 보며
술잔을 부딪치는데 갑자기 전화벨이 울렸습니다.
이곳에 와 친하게 지낸다는 동네 언니였습니다.
"여기로 오라고 하시죠" 내가 끼어들어 말했습니다
삼십 분 후 그렇게 세 명이 소주를 마시게 되었고
강릉 시내에서 퀼트 수공예를 한다는 주량이 센
언니와 대작을 하다 나는 취하기 시작했습니다.
그리고 한 시간 후 언니분의 휴대전화가 울렸는데
언니 딸이 엄마가 걱정돼 전화한 것이었습니다.
"여기로 오라고 하시죠" 난 또 그렇게 말을 했고
곧 강릉대 해양학과를 다닌다는 딸이 나타나서
그렇게 넷은 바다를 얘기하며 술잔을 돌렸습니다.
얼마를 마셨을까? 바닷가에서 술을 마시면 원래
취하지 않는 법인데 너무나 많이 마셔서일까?

난 정신을 잃게 되었고 이미 숙박료를 내고 온
모텔을 못 가고 가게 옆 모텔에서 잠이 들었습니다
다음 날 여관주인에 의하면 퀼트 언니와 그녀 딸의
부축을 받고 내가 여관에 질질 끌려왔다고 합니다
깨어보니 해는 중천에 떠 있었고 난 어제 못 본
나탈리를 보기 위해 차가 주차된 모텔을
어렵사리 다시 찾아가서 휘닉스파크로 달렸습니다.
나탈리는 티오프 시간이 이른 오전 시간대여서
결국, 그날도 나탈리의 플레이는 볼 수 없었습니다.
그리고 다음해 친구들과 경포대를 가게 되었는데
다시 그 포차를 찾아가 여주인분과 인사를 나눴고
그 날도 동료들과 가게에서 술을 너무 많이 마셔
원래 숙소를 놔두고 바로 옆 모텔에 묵었습니다
가끔 스포츠 채널에서 금발의 나탈리가 나오거나
늦가을 쓸쓸한 저녁 바다를 보며 꼼장어 구이를
먹고 싶은 날이면 경포대 실내포차가 생각납니다.
세 여인과 밤새 나누던 바다 이야기가 생각납니다.
기절해 질질 끌려갔을 부끄러운 내가 생각납니다.

Plastic Umbrella

Didn't expect the rain that day
Cause it was fine and sunny in the morning
A plastic umbrella
Bought on the street at the sudden rain drops
Ran to the theater to meet you holding it
Wished you'd not bring your umbrella
To my joy,
Couldn't find an umbrella on your hands
So hot and stuffy in the theater…
Watching the movie, my mind was still kept
on the rain outside…
Wished it'd continue until after the movie
Happily,
After the movie, it rained harder than before
Even with some strong wind
Like the movie "Wuthering Heights"
Seeing you home under the plastic umbrella
Did my best for you not to get wet in the rain
After say-good-bye,

I found my body was fully soaked by the warm

Summer night rain and

My mind was also….

(Summer, 1994)

돼지국밥

오래전 직장 후배한테 들었던 이야기
그 후배의 큰아버지가 개인택시를 하시는데
아주 특이한 손님을 태운 이야기다
저녁 무렵 서울에서 승차한 경상도 말투의 아저씨
부산역 근처로 갈 수 있겠냐고 물어서
낯선 그 손님을 태우고 부산으로 출발해
자정이 지날 무렵 부산에 도착했는데
최종 목적지는 어느 돼지국밥집이었다고 한다
같이 들어가 식사하자는 말도 없이
혼자 식당에 들어간 그 손님은
돼지국밥 한 그릇을 먹고 나와 잠깐 바람을 쐬더니
다시 서울로 가자고 하여
아침 무렵 서울로 그 손님을 태우고 다시 돌아왔다는 얘기다.
아무리, 어떤 음식이 간절히 먹고 싶다고 해도
서울에서 부산까지 찾아가는 건
분명 무슨 사연이 있어서일 것이고
후배와 나는 그 아저씨의 사연을 생각해보았다
예상 가능한 가장 설득력 있는 사연은
그 나이 든 손님이 무슨 큰 중병에 걸렸고

혹시 몰라 병원 입원 전에
마지막일 수도 있는
가장 먹고 싶은 음식을 먹으러
고향인 부산으로 갔었으리라는 것
아니면 죽음을 앞두고 첫사랑을 찾아
부산으로 내려갔고 돼지국밥집 여주인이
그 아저씨의 첫사랑이었을 거라는 추측
지금 서울 부산 왕복 택시비는 70만 원 정도라는데
70만 원짜리 돼지국밥 한 그릇
그 이야기를 듣고 나도 그 택시 손님처럼
그렇게 절실하게 먹고 싶은 음식이 있을까
생각해보게 되었고 그러다 문득 떠오른 것이
몇 번 먹어보지도 않은 어리굴젓이었다
마트에 가서 어리굴젓을 처음으로 사보았다
밥에 올려서 한 개 먹어 봤는데 너무 짜서 못 먹겠다
왜 갑자기 어리굴젓이 떠올랐을까?
직장 동료들이나 고객들과 식사를 하다 보면
내가 정말 먹고 싶은 음식을 고르지 못할 경우가 많다
가끔은 시간과 돈을 투자해서 내가 먹고 싶은 것을
호사스럽게 먹어보는 것도 행복한 삶을 만들어가는
좋은 요소가 될 수 있을 것 같다
여성보다 남자들이 이것에 너무 서툰 것 같다
추워지면, 도루묵찌개 먹으러 강릉에 꼭 가야겠다.

물망초

케이블TV 채널을 돌리니
인간극장 재방송이 나온다
치매에 걸린 부인을 알뜰히 챙기는 할아버지
매일 일기를 쓰신다.
너무 무뚝뚝한 일기지만
그래서 더 감동적이다

오늘 아내가 미역국을 끓여 주었다
내 생일을 축하한다고
너무 너무 고마웠다
그렇지만 오늘은 내 생일이 아니다

아저씨가 아내에게 40년 만에 처음 꽃을 선물한 날
치매에 걸린 부인은 너무 행복해 하신다
아주머니 생일이 음력 2월 2일인데
오늘이 자기 생일이라
아저씨가 꽃 선물을 해주었다고
꽃에 물을 주고 바라보기 좋은 곳에 꽃을 놔두고
즐거워하는 아주머니

하지만 그날은 어느 가을날이었다
그런 잔잔한 일상 속에서 나를 정말 놀라게 했던 건
치매에 걸린 부인이 딸의 얼굴도 기억 못 하지만
기쁜 일이 있을 때면 전화기로 달려가서
구십이 넘으신 친정 어머니에게 안부 전화를 거는데
어머니 집 전화번호를 정확히 기억하고 아주 빠르게
전화번호를 누르던 놀라운 순간

이젠 글도 잊고 딸과 남편을 알아보지 못하고
모든 걸 놓았어도 마지막까지 잊지 못하는 건
그리운 엄마 그리고 탯줄과도 같이
엄마를 이어주는 전화
그 전화번호

그리고 문득 떠오른 생각
세상의 모든 다른 엄마들도
엄마보다는 딸로서 늘 사랑받고
싶을 수 있겠다는 가슴 아픈 생각

일요일, 맥주를 마시며

지난주 안 읽고 놔두었던 신문의 무라카미 특집 기사를 들고
그가 달리기를 좋아한다는 부분을 읽다가
온종일 집안에 갇혀 캔버스를 바라보고 스포츠경기를 시청하느라
눈이 침침해진 나는 밖으로 달려나가 조금 운동을 하고
결국, 근처 술집을 기웃거린다
이것이 나의 한계인가?
낮에 가전제품 매장에 차를 타고 갔다가 갑작스러운 소나기에
매장 안에서 비가 그치기를 기다리고 있는데
외출 나온 군인이 비를 맞으며 택시를 잡는데 택시는 서지 않는다
그가 비를 계속 맞고 있는 모습을 보다가
불러서 어디 가는지 물어보고 내가 태워줄까 속으로 몇 번을 생각하다
그가 손에 들고 있는 음식이 든 종이 봉지가 젖어가는
안타까운 모습을 바라본다
불편한 친절일 수 있겠다 싶어 차를 타고 돌아와서 그림을 그리고
잠시 쉬다가 군인들이 나오는 '진짜 사나이'를 본다
너무도 익숙하고 친근했던 부대가 나온다
내가 근무했던 부대
내가 자대배치 받으러 가던 날
2월 말 겨울비가 부슬부슬 내리던 추운 날

나를 맞이한 건 야외에서 토플리스 차림으로 체력 단련을 하던
다소 두려웠던 첫인상의 선임들이었다
그땐 힘들었어도 돌이켜 보면 모든 게 추억이고 그립다
오후에 그 군인이 들고 있던 봉지의 음식은 누구를 위한 것이었을까?
맥주는 그만 마시고, 소주를 조금 더 마시며
나의 무료한 일요일이여 안녕!

가장 먼저 신발을 벗을 것이다

아침에 영어 외신 뉴스를 읽다가
북한에 억류되었다가 42일 만에 풀려나서
그제 캘리포니아 공항에 도착한
미국 특수부대 출신 한국전 참전 용사
메릴 뉴먼(85세) 씨가
"집에 가면 가장 먼저 무엇을 하고 싶냐?"
라고 묻는 기자의 질문에
"가장 먼저 신발을 벗을 것이다"
라고 말했다는 기사를 봤다
내가 짧지 않은 인생을 살아오며 만난
가장
인상적이고
이성적이며
독특하고
유머 있는
멋진
답변이었다

섬

1997년 여름.

특별한 이유는 없었다. 스물아홉이 되어 떠나는 하계휴가를 통해 나의 지난날들을 기억 가능한 가장 오래된 순간부터 연도순으로 차분히 반추해 보고 싶었다. 그렇게 혼자 도착한 곳은 서해의 한 외딴 섬이었고, 난 그 섬 내에서도 가장 외딴곳을 찾아서 1인용 텐트를 쳤다. 첫날 밤은 바다를 보며 술 한 잔 멋지게 하리라 다짐했건만 너무 무겁게 꾸린 배낭 때문이었는지 몹시 피곤했던 나는 나도 모르게 코-잠이 들고 말았다. 얼마를 잤을까? 한 외지인이 쏜 폭죽 소리에 놀라 눈을 떴을 때는 이미 자정 무렵이었는데, 텐트 밖으로 너무도 아름다운 별 밤이 들어왔다. 내 눈 바로 위로 폭죽의 파편이 화려하게 떨어지듯 은하수와 별들은 너무도 가까운 곳에서 나를 응시하고 있었다. 한순간 사라지는 폭죽은 저 긴 생명력을 지닌 별들에 비하면 짧은 인생만큼이나 허무하게 느껴졌다. 저 별의 거리가 그리 멀지 않은 1억 광년이라면, 내가 지금 보고 있는 그 별의 빛은 1억 년 전에 그 별을 떠났을 테고, 그 별이 지금도 존재하는지는 알 수 없다. 이 세상엔 우리가 알 수 없는, 알려고 해선 안 되는 게 참 많다는 생각을 해 보았다. 한참 동안 별들을 바라보며 시원한 바닷바람과 함께 나의 지난날들을 되돌아보기 시작했다. 가장 먼 1973년 여름 외할머니댁의 포도나무 넝쿨 아래서의 기억부터… (그 섬의 별 밤은 너무 아름다웠고, 내가 굳이 그 섬을 택한 이유도 어느 책에선가 서해에서 가장 멋진 별을 볼 수 있는 곳이 그 섬이란 글을 읽었기 때문이다).

이튿날, 배낭 속에 꾸려 온 책들을 꺼내어 바닷가에 앉아 책을 펼쳤지만, 책으로 눈을 돌리기엔 너무도 아름다운 바다의 풍경에 한 페이지도 넘길 수 없었다. A.M. 린드버그의 〈바다의 선물〉, 안정효의 〈가을 바다 사람들〉 그리고 박인환의 〈태평양 항해 시집〉 등 군 시절 바다를 그리워하던 나를 그렇게도 끌어당겼던 그 책들도 정작 바다 앞에서는 나의 마음을 끌지 못했던 것이다. 썰물 때 울퉁불퉁한 해안가 바위들의 요철(凹凸)은 그대로 작은 어항들이 되어 작은 물고기와 소라 그리고 꽃게 새끼 등이 갇혀 아기자기한 보는 즐거움을 줬다. 문득, 중3 때 동네 삼류극장에서 보충수업 빼먹고 친구들과 보았던 어느 에로 영화 속에서의 한 대사가 기억이 났다. 어항의 물고기를 바라보며 남자 주인공이 애인에게 말했다. “지구의 주인은 누구라고 생각하니? 지구의 3/4을 덮고 있는 것이 바다고 바다의 주인은 물고기니까 지구의 주인은 인간이 아니라 물고기이지 않을까?”라고. 오목한 바위틈에 갇힌 물고기를 손끝으로 어루만지면 난 이 섬의 객客임을 깨달았다. 오후에 짐을 꾸리고 선착장으로 나가 보았지만 갑작스러운 풍랑주의보와 호우주의보로 인해 배는 뜨지 않았다. 원래는 이 섬에서 1박을 하고 계룡산으로 가서 2박을 할 예정이었다. 가보지는 않았지만, 그 산에 있다는 도 닦는 사람들과 술 한잔 해보고 싶은 맘 때문이었다. 폭풍 전의 고요함이었는지 몰라도 별 이상 징후가 없길래 대강 텐트를 다시 치고 난 잠이 들었다. 그날 밤도 난 자정 무렵 잠이 깨었다. 이번에는 귀청이 떨어져 나가라 울려대는 천둥소리와 눈이 부실 정도의 번개 그리고 텐트의 키(높이)를 반으로 줄여버린 엄청난 폭우 때문이었다. 바람이 얼마나 거셌는지는 말로 표현하기 어려울 정도였다. 1분 간격으로 내리치는 벼락에 맞을까 몹시 겁이 났었고 두 시간 계속된 폭우는 마치 소방 호스로 바로 위에서 내리붓듯이 내 텐트를 공격하는 듯했다. 철제 폴대가 아닌 플라스틱 폴대로 된 텐트였기에 텐트가 부서질까 봐 두 시간가량 위에서 짓누르는 빗줄기의 압력과 맞서기 위해 등을 바닥에 대고 두 발과 두 팔을 들어 지붕을 하늘을 향해 떠받쳐야 했다. 손바닥과 발바닥을 때리는 빗줄기의 충격은 너무도 매웠다. 두 시간 가까이 사투(?)를 벌이다 비가 약해지며 나도 모르게 잠이 들어 버렸다. 다음 날 아침, 내 주위에 있던 두 텐트는 완전 박살이 나 있었고 텐트 주인들은 근처 민가로 대피한 듯했다(나중에 알았지만, 이날이 전국적으로 수십 명의 목숨을 앗아갔던 기습 폭우가 내렸던 날이다).

다음 날 아침 역시 짐을 꾸리고 선착장으로 나갔으나 배는 뜨지 않았고, 갑작스러운 비에 멍하니 비를 맞으며 바다를 보고 있었다. 일본 여가수 미호 나카야마가 부른 'Ocean in the rain'이란 노래를 흥얼거리며 네 시간 정도 흠뻑 비를 맞았다. 근처에 텐트를 다시 치고, 옷이며 모든 짐이 다 젖어버린 난 발가벗고 텐트 속에서 몸을 말려야 했다. 그날 밤이 되어서야 비는 그쳤고 주위는 정상을 되찾았다. 팬티도 못 입고 젖은 반바지 하나 달랑 입고서 한참을 걸어나가 민가에서 소주 한 병과 참치 통조림 하나를 사서 바닷가로 향했다. 추운 몸을 녹이려 저녁노을과 함께 소주 한 병을 단숨에 마셔 버렸다. 잠시 있자니 술기가 올라 몸에서 열이 났고 더워진 몸을 식히려 다시 먼 길을 가서 맥주 한 병을 사다 마셨다. 그렇게 소주와 맥주를 번갈아 마시다 다리가 풀리고 정신이 몽롱해져 텐트 속으로 들어가 잠이 들어버리고 말았다. 난 그날 밤 지금껏 살아오며 가장 멋진 파트너와 술을 함께했다. 바다와 말이다. 그날 밤 나는 대취大醉했다. 그리고 너무도 추웠다. 아마도 내가 그렇게 오랜 시간 비를 맞아 보긴 예전에 술에 취해 공원에서 잤던 날 빼곤 처음인 것 같다.

다음 날 우여곡절 끝에 난 배를 탔고 바다를 건너며 많은 생각을 했다. 말 한마디 하지 못하고 보냈지만 정말 많은 생각을 할 수 있었던 시간들이었다.

사랑하는 사람이 생기면 올겨울 함께 그 섬의 겨울 바다를 느끼고 싶다.

가을을 남기고 간 사랑

'친구 따라 강남 간다'란 말이 있다. 내겐 '짝사랑 따라 방송국 갈 뻔 하다'로 바꿔야 하겠지만, 취업이 어렵지 않았던 나의 4학년 무렵 우연히 학교 가는 길에 너무도 멋진 여학생을 보게 되었다. 그것도 우리 동네 버스 안에서. 한참을 그 학생을 바라보던 나는 이미 내려야 할 버스정류장을 지나치고, 그녀가 명동 근처에서 버스에서 내리는 걸 따라 내려 그녀의 뒤를 따라 걷고 있었다. 사실, 대학교 때는 소개팅에도 관심이 없었고, 이공대 캠퍼스에 여자 동기나 여자 후배들도 거의 없어서, 지방에서 올라온 하숙생들과 밤늦게까지 술을 마시거나, 음악을 듣거나 가끔 공부하며 지냈지 적극적으로 여자친구를 만들려는 노력은 해본 적이 없었는데 이 여자는 달랐다. 그녀가 처음 버스에 올라탈 때의 모습이 아직도 정확히 기억이 나는데, 스키니 타입 청바지에 위에는 굉장히 고급스러워 보이는 흰색 모피 코트(소매는 길지만 코트의 길이는 허리의 벨트 정도까지만 내려오던 짧은 코트)를 입고 멋진 미소를 입가에 띄우고 긴 생머리 휘날리며 버스에 타던 그때의 놀라운(?) 모습은 아직도 너무 생생하게 기억 속에 남아 있다. 그렇게 그녀의 뒤를 쫓아 도착한 곳은 을지로 입구 역 근처에 있는 코리아헤럴드 어학원(지금도 그 모습 그대로 그 학원은 그곳에 있다). 그녀는 수업에 들어가고, 나는 그날의 일과를 다 빼먹으며(?) 어학원 로비에서 그녀를 기다리고 있었다. 두 시간이 지났을까 그녀가 학원에서 나오고 그녀는 씩씩한

걸음걸이로 다시 길을 걸어 버스정류장에서 기다리다 버스를 타고 다시 집으로 향했다. 나도 이미 버스에 타서 맨 뒤 좌석에서 그녀를 바라보고 있고, 대치동 지금의 한티역 근처에서 그녀는 버스에서 내려 집으로 걷고 나는 그녀의 뒤를 따르고… 지금 생각해보면 아직도 조금은 불가사의하다. 내가 원래 그런 사람이 아니었는데 낯선 여인을 따라 그녀의 집 앞까지 쫓아갔다는 것이. 전혀 나의 존재를 의식 못하던 그녀도 집 앞에 도착할 무렵 내가 건넨 말에 뒤를 돌아다 본다. "저기요, 잠깐 시간 내줄 수 있나요?" 잠깐 나를 쳐다보던 그녀의 반응은 의외였다. "바빠요"나 "시간 없어요"가 아닌 "저는 남자 친구가 있습니다. 죄송합니다. 사실 저를 이렇게 쫓아 오는 남학생분들이 많은데 그냥 가주셨으면 좋겠어요." "아주 잠깐만 시간을 내주시면 안 될까요? 10분 만이라도요." 하고 말하고 그녀를 쳐다보자. "제가 바빠서요… 미안합니다". 마지막으로 다시 한 번 물었다. "정말 잠깐만 얘기를 나누고 싶습니다."하고 말하고 그녀를 계속 쳐다보자 "그럼 잠깐만이에요"라는 의외의 대답이 그녀의 입에서 나왔다. 그렇게 그녀와 함께 대치동 롯데백화점(당시는 그랜드백화점) 인근의 2층 카페에서 커피를 마시며 얘기를 시작했다. 얼마를 얘기했을까. 내가 먼저 "일어날까요?"라고 말을 건넸을 때는 이미 한 시간이 더 지나고 나서였다. 돌이켜 보면, 그녀도 내가 싫지는(?) 않았던 것 같다. 하지만, 그녀에게는 이미 오래된 남자 친구(사관생도)가 있었고, 그녀는 방송국 아나운서 시험을 준비하고 있던 아주 바쁜 4학년 여대생이었다. 그때 나눴던 대화는 거의 기억이 나지 않지만, 그녀는 아나운서 시험준비로 바쁘다는 것과 남자 친구가 있고, 그래서 나와 만나는 건 어려울 것 같다고 차분하게 말을 했고, 그녀의 그런 말에 나는 나도 모르게 "나도 방송 쪽에 관심이 많아 방송국 시험을 쳐볼까 고민을 하고 있었어요"란 말을 즉흥적으로 지어내어 말을 하고 말았다. 그렇게라도 그녀와의 연결고리를 만들어 놓고 싶었다. 사실, 고등학교 때부터 지금까지 난 다큐멘터리의 애청자다. 어릴 적 실크로드란 작품에 빠져서 그 작품에 등장하던 소녀들을 그림으로 그려보기도 하고, 최근 차마고도나 누들 로드와 같은 작품들도 빠뜨리지 않고 몇 번이나 볼 정도로 다큐멘터리에 관심이 많았다. 그래서 난 졸지에 그녀에게 방송국 시험을 준비하는 졸업반 학생으로 여겨지게 되었고, 그녀의 공부를 도와주기 위해 실제로 난 같은 대학교에서 언론 고시반에 있던 고등학교 후배를 가끔 찾아가 방송사 시험준비 요령과 좋은 정보들을 받아서 그녀에게 전달해 주곤 했다. 그녀를 처음 본 게 5월 말인가 6월 초(그녀가 눈에 띈 건 미모뿐만 아니라 그녀가 계절에 어울리지 않는 모피 미니 코트를 입고 있었기 때문이기도 하다)였으니까 초가을 방송사 시험이 치러지기까지 우린 데이트가 아닌 서로 방송 시험을 준비하는 학생의 신분으로 아주 가끔 짧게 만나 저녁을 먹거나 차를 마시며 난 그녀의 시험공부를 격려해 주곤 했다. 그런 건조한 만남 속에서도 단 한 번 둘이 영화를 보러 갔던 적이 있다. 극장으로 가는 길에 갑자기 소나기가 내렸고, 길거리에서 하늘색 비닐우산을 사 들고 극장에 가서 둘이 함께 영화를 보았는데 그녀가 우산을 들고 오지 않아 돌아오는 길에 늦여름 장대비를 그 비닐우산 하나를 쓰고 그녀 집까지 바래다주고 왔다. 난 그녀가 비에 젖지 않게 우산을 양보하여 스콜과도 같았던 그 여름비에 흠뻑 젖을 수밖에 없었다. 그 다음 날 학교 수업시간 때 수업은 안 듣고 즉흥적으로 전날 저녁의 영화 데이트를 생각하며 시를 썼는데 그것이 내가 처음 쓴 시 '비닐 우산(Plastic Umbrella)'이란 시다. 그렇게 나의 급조된 언론사 준비생 시절도 끝나가고(난 꾸준히 나의 후배를 통해 시험 준비에 대한 노하우 등을 그녀에게 전해 주었고, 나도 조금씩 그렇게 공부를 하게 되었고…) 결국에는 그녀와 함께 방송사에 원서를 내게 되었다. 그녀는 아나운서직에 나는 PD(교양) 부문에. 당시는 케이블TV가 생기기 전이라 방송사라야 KBS, MBC, 그리고 생긴 지 얼마 안 된 SBS뿐이었다. 나는 다른 방송사보다 조금 늦게 시험을 보는 KBS에 원서를 냈었다. 시험장소는 지금은 겨울연가로 인해 관광 명소가 되어버린 중앙고 교정이었다. 아직도 기억이 생생하다. 초가을 아침이라 선선했는데 나는 시험 15분 전에 시험장소였던 3층 교실에 들어왔고, 계동에서 올라오던 길가에 있던 조그만 가게 겸 문구점에서 캔 커피 하나와 지우개 연필을 사 들고 교실에 들어섰는데 50명 정도 시험 보는 교실에서 내가 가장 늦게 입실을 하였고 자리는 운동장이 내려다보이는 창가 쪽 맨 뒷자리였다. 캔 커피를 마시며 교실을 둘러보는 순간…"내가 여기 왜 있지"란 생각이 갑자기 들었다. 수험생들은 저마다 두꺼운 시험 족보를 꺼내 놓고 머리를 책상에 처박고 마지막까지 중얼중얼 계속 외워대고 있었다. 내 또래도 보이지만 아주 늙어 보이는 수험생들도 많이 보였다. 내가 여기 있는 게 조금은 부끄러웠다. 공부도 거의 안 하고 졸업 논문 쓴다고 바쁜 시기여서 시험에 자신이 없었다. 그렇게 시험은 시작되고 정신없이 끝났다. 막상 시험이 끝나고 나니 그녀에게 연락하는 것이 주저되었다. 붙었을까? 그녀는? 나는 내 결과에는 관심이 없었다. 애초 생각했던 길도 아니고 결과에 기대도 안 했기 때문에…. 오직 그녀와 만날 명분이 이젠 없어질 수도 있을 거란 불안한 생각뿐이었던 것 같다. 며칠이 지났을까? 시험 결과는 엉뚱했다. 그녀는 떨어졌고 난 붙었다. 나의 수험 번호표로 짐작을 해보면 내가 시험을 봤던 교실과 그 교실의 앞반과 뒷반에서 합격한 사람은 나 한 명뿐이었다. 만남의 목적이 상실된 그녀와 나는 더는 만나지 않게 되었다(내가 연락을 끊었다. 그녀는 변함없이 사관생도 남자 친구를 정말 좋아했기 때문이다). 우여곡절 끝에 난 대기업에 들어가게 되었고, 내 후배는 지금은 KBS의 유명한 연예부 PD가 되어 있다. 나중에 수소문해서 그녀의 소식을 들을 수 있었다. 그녀는 다음 해 새로 생긴 케이블 방송사의 아나운서인지 리포터로 합격해서 들어갔다는 소식을… 그 방송사의 신년인사 때 한복을 입고 그녀가 시청자에게 세배드리는 모습이 방송에 나왔다고도 하고….

오래전 일이다.

이렇게 글로 남겨두지 않으면 기억에서 점점 흐려질 것 같기도 하고, 언젠가 더 오랜 시간이 들어 다시 읽어 보면 애틋할 것 같기도 해서 글로 남겨 본다. 오래된 기억이지만 시험 준비하며 그녀와 우리 학교 도서관을 가던 길에 제과점 앞에서 신호등을 기다리는데 그때 길가에서 흘러나오던 김건모의 '핑계' 노래가… 그리고 파란불로 신호가 바뀌자 그녀가 미소를 지으며 경쾌하게 걷던 모습이 아직도 생생하게 기억에 남는다… 그녀만의 독특했던 그 경쾌한 걸음걸이가….

잊을 수 없는 생일파티

아침 TV 토크쇼에서 생일파티에 관해 얘기를 나눈다
내게도 잊을 수 없는 생일파티들이 있다
요새 SNS에서 가끔 볼 수 있는
화려한 분위기의 파티도 아니고, 멋진 여성이 등장하는
생일파티에 대한 기억도 아니다
아주 오래전 초등학교 때의 생일파티의 추억이다
2학년 우리 반에서 인기 많았던 여자아이 생일파티에
생각지도 못하게 초대되어 친구들과 함께 갔었다
여러 상을 합쳐 만든 기다란 생일상 위에 놓인 많은 맛난 음식들
많은 친구와 생일선물 그리고 즐거웠던 시간들
지금 생각해도 놀라운 건
그날 내가 입고 갔던 옷이 정확히 생각난다는 것
위에는 청재킷을 입고 갔었는데 생일파티가 끝나고
집으로 돌아가야 할 시간
일부러 그랬었을까?
아니면 작업의 기술을 어린 그때부터 터득했던 건지
그 여자아이를 혼자만 다시 보고 싶은 맘에
청재킷을 그 아이 집에 두고 온 나는
친구들이 다 돌아가고 한참이 지나서

그 아이 집에 다시 가서 청재킷을 찾아 입고

그 아이에게 나만의 생일 축하 인사를 건넬 수 있었다

어두컴컴해진 저녁 싱글벙글 웃으며 집으로 돌아오던 그 날의 기억이 새롭다

내가 잊지 못하는 또 다른 생일파티는

형 같았던 친구 D와의 생일 식사

아홉 살 때 같은 반 친구 D는

키도 동급생들보다 월등히 크고

싸움도 잘하고 외모도 중학생처럼 보이던

다소 거친 친구였는데 가정형편이 아주 어려워

학교도 남들보다 몇 년 늦게 진학해

사실은 중학생 나이라는 소문이 있었고

D가 놀러 왔다 가면 없어지는 것들이 많아서

친구 엄마들이 같이 놀지 말라고 했던 아이였다

그러던 어느 날 갑자기 D가 내게 찾아와서

자기 집에 놀러 가자고 했다

다른 아이에게도 얘기했던 것 같은데

결국, 나만 그의 집에 놀러 가게 되었다

집도 학교에서 조금 먼 곳에 있었고

가파른 길을 한참을 걸어올라 도착한 D의 집

그의 어머니가 반겨 주셨다

가는 도중 알게 된 건 그 날이 D의 생일이라는 것

한참 후에 어머니가 작은 방으로 들고 오셨던 생일상

따끈한 김이 피어오르는 밥 두 공기

김치 한 그릇과 오이가 썰어져 놓여있던 접시 그리고 고추장 한 종지

지금도 잊을 수 없는 그때 생일상의 모습

맛있게 밥을 먹고 D의 집 근처 공터에서 놀다가 집에 돌아왔고

내가 D를 그 후에 다시 본 건

고등학교 때

동네 시장 골목에서

우연히 D를 마주쳤는데

그 아이는 나보다

머리 하나 이상 작은

키 작고 시커먼 아저씨가 되어 있었다.

스톡홀름 신드롬

조용하고 무덥고 나른한 토요일 오후, 먼지조차 잠잠히 잠들고 있는 듯한 무료한 오후에 커다란 캔버스를 벽에 대고 가부좌 튼 자세로 멍하니 붓을 들고 명상하고 있기란 그림 그리기 좋아하는 내게도 쉽지 않은 날이 있다. 아침에 TV를 보며 그림을 그리는데 모 방송에서 '스톡홀름 신드롬'에 대한 내용이 나온다. 스톡홀름, 십여 년 전쯤 가본 그곳. 어느 카페를 가나 아직도 아바의 노래들이 흥겹게 흘러나오고 바다에는 바이킹들이 타고 다녔을 것 같은 하얀 돛을 단 멋진 범선들이 떠 있고, 바다 빛깔은 알파 물감 935번 'Ultramarine Color' 그 자체인 쪽빛 바다. 헬싱키를 가려고 탔던 어마어마한 크기의 크루즈 맨 꼭대기 갑판에서 바라보던 스톡홀름 앞바다 백야의 밤하늘. 커다란 태양이 수평선 바로 위에 낮게 떠 있고 크루즈 반대편 쪽에는 커다란 달이 수평선 바로 위에 역시 낮게 떠 있었다. 지금도 잊히지 않는 그 밤의 장관… 아끼고 아끼던 고추 참치 통조림과 팩 소주를 꺼내 그 멋진 광경을 벗 삼아 술을 마셨던 기억이 마치 어제의 일만 같다. 그때 불어오던 시원한 바람이 다시금 느껴지는 것 같다. 그 장면을 보기 위해서일까? 객실을 예약하지 않고 입석(?)으로 티켓을 끊은 북유럽의 젊은 커플 여행객들은 담요를 덮고 굉장한 소음을 내는 갑판 꼭대기 터빈 엔진 근처에서 사랑을 속삭이며 여기저기 누워서 백야를 감상하고 있었다. 스톡홀름에서 헬싱키로 가는 바닷길 초입에는 우리나라 남해의 다도해처럼 아기자기한 섬들이 계속해서 이어진다. 이렇게 작은 섬이 있을까? 이렇게 작은 섬에 오두막이 있다니…. 섬마다 노란 전등이 따뜻하게 켜져 있는 오두막들이 한두 개씩 있고 바닷가에는 예쁜 보트들이 정박해 있다. 그런 섬들이 이정표처럼 계속해서 이어졌다. 정말 아름다운 풍경이었다. 내게 스톡홀름은 그런 기억이었다.

이상하게도 무료함은 나의 군 시절 추억으로 이어졌고 갑자기 내가 근무했던 군부대 주변이 그리워졌다. 예전에는 일이 년에 한 번씩 혼자서라도 가곤 했는데 이제 안 가본지도 육칠 년이 흐른 것 같다. 강원도 산골까지 달려가기에는 돌아오는 길이 너무 멀고, 수도권에서 조금 벗어난 군부대 지역으로 달려가기로 맘먹고 인적과 차량 드문 길을 달려 도착한 곳… 내가 근무했던 부대에서 버스를 타고 한참을 가면 오아시스처럼 나타나던 읍내와 아주 분위기 비슷한 곳이었다. 하지만, 토요일임에도 외출이나 외박 나온 군인들의 모습은 이상할 정도로 적었다. 마음 같아서는 주머니 가벼운 군인들 붙잡고 고기, 술이라도 사주고 싶었지만, 참았다. 정겨운 읍내 풍경을 감상하다 목이 말라 주변 술집들을 둘러보다 재미있는 간판의 술집이 눈에 들어와서 그냥 들어갔다. '추적60병'… 최근 마신 술 60병의 기억들을 되살려 보란 얘기인가? 인상적인 이름의 술집이다. 탁자 다섯 개의 전혀 고급스럽지 않은 술집… 노가리가 주메뉴인지 테이블 위에 놓인 커다란 비닐봉지에 가득 들어 있는 노가리를 하나씩 꺼내어 술집 풍경과 전혀 어울리지 않는 어린 소녀가 스마트폰에서 흘러나오는 음악을 흥얼거리며 노가리를 손질하고 있다. 인사도 하지 않는다. 잠깐 앉아 실내를 둘러본다. 벽에 쓰여 있는 낙서들. 사장님의 친구들이 써놓은 것 같은 낙서. "돈 많이 벌어서 큰 가게로 옮겨요"라는 문구가 인상적이었다. 그 문구가 말해주듯 작은 술집이었다. 더 작은 집으로 옮겨 가야 할 지도 모를 정도로 장사가 안될 것 같은(손님이 없어 보이기도 했고, 메뉴 가격이 너무 저렴해서)….

예전 베네치아 배낭 여행을 하며 오래된 집들이 이어지는 안쪽 골목 끝까지 우연히 무언가에 이끌려 한참을 걸어 들어가게 된 적이 있었다. 낙서였다. 벽에 쓰여 있던 알 수 없는 이탈리아어 낙서들… 낙서들의 내용을 읽기 위해서라기보다는 어쩌다 낙서 밑에 쓰여 있던 낙서가 쓰인 연도를 확인하는 재미에 계속 낙서를 찾아 나섰던 것 같았다. 백 년도 넘은 낙서들 밑에는 1800년대 1700년대의 연도가 나오고 그렇게 오래된 낙서를 보기란 평생 쉽지 않을 것 같았고 그렇게 아라비아 숫자 네 개를 찾는 묘한 재미가 있던 여행이었다.

주문을 안 받길래 어린 소녀에게 먼저 말을 걸었다. "학생! 학생인 것 같은데 왜 여기에 있지? 고등학생인가?" "아니에요. 저 올해 20살이 되었고 학교는 졸업했어요. 여기 알바예요"… "언제부터 일했나요? 너무 어려 보이는데" "오늘부터 일하기로 해서 처음 나온 거예요"… 노가리 손질을 계속하며 대답을 한다. 몇 개 안 되는 환상적으로 저렴한 가격들의 메뉴를 둘러보고 그중 비싼 안주를 시켰다. "그거 안 돼요… 오늘 처음 나와서 안 만들어 봤어요. 노가리나 마른안주만 돼요" "그럼 노가리 말고 한치 땅콩 주세요. 생맥주 500cc 한잔하고…" 강냉이와 맥주가 나왔는데…맥주가 너무 시원하고 맛있다. 역시 생맥주다. 한치가 나오기 전에 두 잔은 이미 마신 것 같다. 소녀가 한치를 굽고 있는데 가게 안에 타는 냄새가 진동한다. 그걸 먹어야 하는 내가 조금은 걱정스러워졌다. 조금 이따 접시에 담아온 한치 안주… 다리가 없다. 학생이 먹었나? 아마도 한치 다리가 너무 타서 다 떼어 버린 듯했다. 미안했는지… "다시 세 마리 더 구워 올게요" 하며 소녀는 다시 한치를 굽기 시작한다. 만 원도 안 되는 안주에 한치를 여섯 마리나 주다니… 조금 이따 구워져 나온 한치 역시 많이 타 있었지만 포크로 탄 부분을 살짝 긁어내며 맥주와 함께 먹었다.

마침 가게 안의 정적을 깨며 어린 소녀와 남자아이들이 들어온다. 아직은 고딩 학생처럼 보이는 앳된 알바 아가씨의 친구들인 것 같다. 구석 테이블에 자리를 잡고, 한참을 고민하더니 생맥주만 시킨다. 들으려고 한 건 아니었지만 너무 크게 들리는 그들의 대화… "야! 안줏값이 너무 비싸다… 너 얼마 있니?… 안주는 편의점 가서 사오면 안 될까?" 뭐 이런 대화들이었다. 가격이 너무 싸서 얼마나 남을까 주인 걱정을 하는 손님과 편의점에서 안주를 사와 먹어야 하는 어린 술손님들이 등을 맞대고 시원한 맥주를 마시는 저녁….

나의 말 상대 알바 아가씨를 어린 손님들에게 빼앗긴 나는 문득 '스톡홀름 신드롬'이 생각났다. 그리고 떠오른 한 인물. 안 상병. 보통 군대 훈련에는 의무 차량이 부대원들을 뒤따르게 되어 있다. 보병 부대였던 우리는 행군과 훈련이 많았고 부대 밖에서 야영하며 보낸 기간들이 꽤 많았다. 병장 때에는 지금은 키 리졸브란 이름으로 바뀐 '팀 스피리트' 훈련에도 참여했던 우리 부대. 내가 이병 때 역시 행군 훈련이 많았는데 어떤 훈련인지 기억이 나지 않지만 아주 적은 병력만 이동했던 훈련이라 의무 차량이 따라오지 않았었다. 그리고, 새벽 나와 친했던 한 달 고참 옆에서 철야 행군 막바지에 이르렀을 때 부대 복귀를 5~6㎞ 남겨 놓은 지점에서 역시 이등병이었던 그 한 달 고참이 갑자기 다리가 풀리며 쓰러졌다. 당시 우린 화이버 철모가 아닌 진짜 철모를 쓰고 있었다. 고참들 위주로만 화이버가 지급되었던 시절… 당시 군기 담당이라 무서웠던 안 상병이 우리에게 다가왔다. 항상 웃지 않고 심각한 표정의 안 상병… 쓰러져 있는 한 달 고참의 철모 위로 M16 소총 개머리판이 연달아 날라왔다. 엄청난 소음을 내며… 저러다 목 꺾일라… 옆에서 말리지도 못하고 울컥했던 나… "야이 새끼야 일어나!" 개머리판으로 한참을 철모를 찍어 대던 안 상병의 위협에도 발목이 꺾인 건지 그 고참은 일어서지 못했고 뒤따르던 차량도 한 대 없었던 터라 결국 교대로 부축해서 걸어가기로 했다. 그때 안 상병이 쓰러진 고참의 무거운 군장을 가져가더니 두 팔을 뒤로 높게 뻗어 자기 군장 위에 얹고 행군을 하기 시작했다. 그 장면이 아직도 눈에 선하다. 군장의 무게는 상당히 무겁다. 전날 낮부터 밤새 걸어 행군 막바지에 누구라도 힘이 다 빠진 그 상황에서 안 상병은 군장 두 개를 메고 다른 부대원들보다 약 200m 앞선 거리를 끝까지 유지하며 행군을 마쳤다.

스톡홀름 신드롬… 싫어해야 마땅할 사람에게 호감을 느낀다는….

그 의미와 정확히 맞아 떨어지지는 않겠지만, 이상하게도 아침 방송에서의 스톡홀름 신드롬을 떠올리며 술 취한 나는 오래전 그날의 안 상병이 떠올랐다. 그 날 이후로 안 상병이 조금은 다르게 보이기 시작했었다. 어쩌면 군대를 나온 남자들에게 군 시절의 모든 기억이 스톡홀름 신드롬의 대상일 지도 모르겠다는 생각이 들었다.

'추적60병'

한가하고 무료한 주말 저녁에, 이번에는 덜컹덜컹 경의선을 타고 임진각 길목에 있는 읍내의 그 술집을 다시 찾아가 아직 고딩 냄새 풀풀 나는 그 앳된 알바 아가씨에게 "마른안주 말고, 비엔나소시지라도 구워와요"라고 주문하며 시원한 500cc 생맥주를 또 시키게 될 것 같다. 귀여운 알바 아가씨 또 봐요!

면회

휴일 아침 나무 그늘 드리워진 공원 벤치
아이스커피를 마시며 정신을 부팅하고 있는데
군인 한 명과 그의 친구가 웃으며 지나간다
자세히 보니, 사복 입은 친구도 아주 짧은 군대 머리
아마도 군 복무 중 휴가 나와 보고 싶은 친구를 면회 와서
외출 나온 듯하다
갸륵하지만 조금은 불쌍한 시추에이션
만날 여자가 없었을까
보고 싶은 여자친구나 친구, 가족이 아니더라도
누군가 면회를 와준다는 건 부대 밖 치마 두른 여인들만
멀리서 바라봐도 즐거웠던 군인 시절을 생각하면 얼마나 기쁜 일인가?
제대 후에 친구를 면회 간 적이 있었다.
그 친구는 이등병이었는데 면회 간 우리보다
짜장면이 더 간절하고 그리웠는지
버스를 타고 시내로 나가자는 우리 제안을 거절하고
부대 근처 허름한 중국집으로 바로 가더니
짜장면 만두 탕수육을 폭풍 흡입했다
식사를 마치고 아가씨와 얘기라도 하게 해주려고
다방을 찾았건만 근처에 다방이 없어서 들른 찻집

인기척이 없어 나가려는데 식사 중이셨는지
내실 창문이 열리고 50대 중반의 아주머니가 나오시더니
반찬 냄새 풀풀 풍기며 반말로
"뭐 마실래??"
…
"커피요"
크림통, 설탕통, 커피통으로 숟가락이 빠르게 왔다 갔다 하더니만
아주 달달하고 시원한 아이스 다방 커피가 완성
그 아주머니는 "나 시장 가야 되니까 커피 다 마시면 컵은
물통에 담가놓고 나가"라고 명령하고 나가신다
그렇게 여자 구경 못 하고
면회시간은 끝나고 위병소까지 친구를 배웅해줬는데
얼마나 많이 먹어댔던지
군용 벨트가 안 잠겨 위병소 입구에서 혼나다가
들어갔던 내 친구
얼마 전 코엑스 전시장에서 반가운 선배를 만났다
조실부모하여 할머니를 혼자 모시고
시골에서 성장한 분인데
그 선배를 떠올리면 그 선배의 면회 얘기가 늘 생각난다
같은 동네 가난한 친구가 면회를 와서
식당에서 점심을 먹고
저녁 무렵 헤어질 때, 친구가 차비를 제외한 돈을 주고 갔는데
그 돈이 얼마 안 되어서 가게에서 우유와 보름달 빵을 사 먹고,

부대로 복귀하는데 위병소 근처 주차장 공터에서
면회 온 어느 가족이 군인 아들을 위해 가스레인지로
불고기를 만들어 주고 있었다고 한다
부대 저녁 시간도 지나고,
그 선배는 얼마나 그 불고기가 먹고 싶던지
창피함을 무릅쓰고 그 가족 눈에 띄길 바라며
그 주변을 왔다 갔다 서성이길 여러 번
결국, 그 가족 사이에 끼어 불고기를 얻어먹고 부대 복귀했다는 추억담

군 생활을 해보면, 서울에 살거나 부대 근처에 살거나,
형편이 넉넉하고, 부모님 다 계시고 형제 많은 대가족이거나,
대학교에 다니는 친구들은 자주 면회를 오는 사람들이 있고,
위 조건에 애인이라도 있는 경우에는
더 자주 면회를 오는 복 받은 친구들이 있었다.
반대로 집이 멀거나, 위 조건과 반대인 경우는
대개 지지리도 면회 복이 없었다
내가 군 생활을 하며 한 번도 가족이나 친구가 면회를
오지 않은 동료들도 많았던 것 같다.
그런 친구들은 대개 주말을 조용히 보낸다
가끔 무더울 때나 추운 겨울날
동생이나 친구 조카들이 군에서
얼마나 고생하고 있는지 생각날 때면
사랑하는 그들을 위해

그 고생을 내가 대신해 줄 수 없다는 게
이 얼마나 다행스러운(?) 일인지 감사하며
아주 가끔이라도 면회를 가보는 건 어떨까?

눈물은 왜 짠가?

주말이면 꼭 술을 마시기 위해서가 아니라도, 가끔 단골 술집들을 산책 삼아 여기저기 천천히 걸으며 마실 다니듯 둘러보곤 한다. 오늘은 내일 아침 산에 얼려서 들고 갈 막걸리와 초콜릿 바를 사러 마트에 나왔다. 밤 11시가 다 되어서…. 그런데 거의 이 주 동안이나 내가 오징어숙회를 먹으러 가끔 들르는 동네 작은 실내포차가 문이 닫혀 있었다. 불 꺼진 실내를 바라보며, 혹시 가게 문을 닫은 건 아닌지 걱정이 됐었는데… 오늘 다시 가보니 나이 드신 손님 두 분이 테이블에 앉아 계시고, 아주머니는 스마트폰을 보며 앉아 계시다. 그냥 잠깐 아프셨던 것 같다. 다행이다. 반가웠다.

술장사를 처음 해본다는 충청도 출신 젊은 아주머니신데, 내가 처음 가게를 저녁 식사 시간에 맞춰 갔을 때, 오징어숙회 안주와 소주를 시켰는데… "저녁은 드셨나요?"라고 물어봐 주셨던 분이다. 얼마나 그 말이 고맙고 따뜻하게 들리던지… 나이에 어울리지 않게 잠깐 뭉클했었다. 밥을 제때 챙겨 먹지 않고, 잘 패스하곤 하는 내게 고마운 물음이었다. 내가 대답 대신 답을 했던 건… "충청도 분이신가 봐요?"… "어떻게 아셨어유~?". 나보다 서너 살 많아 보이는 주인 누님이 놀라며 대답을 하셨다. 덧니를 가리며 말하는 습관이 있으신데, 어릴 적 고왔을 것 같은 분이다. 오늘 저녁 이곳을 들어가면, 술자리가 길어질 것 같고, 내일 아침 산에 가야 하므로 주인 누님 만나 2주간 뭔

일 있었는지 물어보는 것은 담 주로 미루고 간단히 술을 마시러 근처 허름한 뼈다귀 해장국집으로 들어갔다.

투가리… 함민복 시인의 시 '눈물은 왜 짠가'를 통해 처음 알게 된 단어. 서울에서는 뚝배기라고 하는데 지방에서는 투가리라고 한다는 것을… 플라스틱이 아닌 제대로 된 투가리에 담겨 나온 뼈다귀해장국 국물에 소주 한 병을 금방 비웠다. 내 바로 옆 테이블에는 커다란 꽃다발이 놓여있었고 젊은 남녀가 소주 한 병에 해장국으로 아주 늦은 저녁을 먹고 있었다. 아주 행복한 모습으로. 저 꽃은 무슨 의미의 꽃일까? 궁금했다. 나보다 먼저 일어서서 나가는 그들에게 주인아주머니가 계산하며 물어본다… "꽃이 예뻐요!" 아주머니가 말하자, 꾸밈없이 순박해 보이는 여자친구가 기다렸다는 듯이 "백일 꽃이에요…" "저희 만난 지 백일 됐어요" 웃으며 자랑을 한다. 옆에 있던 남자 친구도 쑥스럽다는 듯이 웃는다. 둘 다 너무 행복해 보였다. 열한 시가 넘어 만나 백일 파티를 허름한 해장국집에서 하는 젊은 남녀… 아마도, 늦은 시간까지 아르바이트하다 늦게 만난 듯했다. 고급스러운 카페나 식당이 아닌 이곳 식당에서 해장국과 소주잔을 나누며 이렇게 행복하게 백일 파티를 하는 젊은 친구들이 아직도 있구나, 생각하며, 그 둘의 앞길에 많은 행복과 가끔의 달콤한 눈물이 있기를 기원해 주며 가게를 나왔다.

블랙 바바리코트와 콘크리트 슈즈

도로에 차량이 줄어들기를 사무실에서 기다리며 잠시 멍 때리는 중입니다. 요새 사무실에 신입사원들이 순환 교육을 받으러 와서 가끔 인사를 받곤 합니다. 저도, 오래전에 신입사원이었던 시절이 있었고 어린 후배들을 보면, 맘으로는 잘해주고 싶고 술도 사주고 싶곤 하지만 실천으로 옮기지는 못하는 것 같습니다. 신입사원들을 보며, 저의 신입사원 시절 에피소드가 하나 생각이 났습니다.

신입사원 환영회를 해준다고 하여, 양복 말끔하게 차려입고 비싼 바바리코트 입고, 새 검정 구두를 신고 출근을 했었습니다. 업무 끝나고 해물탕집에서 소주 맥주를 마시고, 넓은 노래방에서 노래 부르고 으쌰으쌰 하며 좋은 시간을 보내다가 내게 불청객 '블랙아웃' 님이 찾아 왔습니다.

아침에 집에서 깨어나 보니, 저의 베이지색 바바리코트는 어제 비 오는 날 버스 바닥 검정 기름이 잔뜩 묻어 시커멓게 변해 있었고, 저의 까만색 구두는 콘크리트에 범벅되어 시멘트로 코팅된 거대한 슈즈가 되어 있었습니다. 기억을 돌이켜 보면, 버스에 오를 때까지는 멀쩡했는데 버스 바닥에서 뒹굴며 집에 왔고, 당시 집 근처 상가 공사 중이었는데 시멘트 양생 중이었던 그곳에 기어들어가서 탭댄스를 추다 집으로 왔던 것 같습니다.

저야 취해서 기억에 없지만, 문을 열어주신 우리 어머니가 얼마나 놀라셨을까요?

몰래 엿들은 얘기

지난 주말 토요일과 일요일 모두 산에 갔었다. 이번 주에도 산행 약속이 있다. 오래된 무거운 등산화를 대신할 가벼운 새 신발을 사러 집 근처 마트에 갔다가 우연히 젊은 엄마와 아이의 대화를 엿듣게 됐다. 사람도 없고 조용한 구역이어서 코너에 있던 나는 대화가 끝날 때까지 기다리다 결국 짧은 대화를 몰래 다 듣고 말았다.

"우리 집은 돈이 넉넉지 않아요… 사주고 싶지만, 지금 그걸 사면 네가 좋아하는 피아노학원에 보내줄 돈이 부족할 수도 있어요… 그러면, 네가 좋아하는 친구들을 만나지 못할 수도 있겠지? 그리고, 네가 좋아하는 눈깔사탕도 사줄 돈이 모자랄 수도 있어… 날씨도 추워지는데, 따뜻하게 집 난방을 할 수 없을지도 몰라…" "그래도 이걸 꼭 사야 될까?" "아니요"

무릎을 굽혀 아이와 같은 눈높이로 아주 진지하게 대화를 나누고 있는 젊은 엄마를 보며, 자주 마트에서 봐왔던 물건 사달라고 소리 지르고 떼쓰는 아이들과는 많이 다른 꼬마 소녀와 무시하고 가거나, 소리 지르기 일쑤인 다른 부모와 다르게 아이가 이해할 수 있도록 조용히 타이르는 엄마를 보며 미소를 지으며 그 자리를 몰래 빠져나왔다.

그 소녀가 사달라고 했던 건… 조금 고가로 보이는 미술 도구들이었다.

엄마는 미안했는지… 그 옆에 서서 색연필 세트를 한참을 만지작거리고 있었다.

"이발하셨네요!"

"어 머리 했네!"라고 흔히 쓰는 표현보다, 난 '머리카락을 정리한다'는 한자어 '이발'이란 단어를 자주 쓰는 편이다. 여자분들이 멋지게 헤어스타일을 바꾸고 나타났을 때도 예전에는 가끔 "이발이 잘 되었어요!"라는 표현을 쓰곤 했는데 반응이 영 신통치 않아서 이젠 여성분들에게는 그 표현을 쓰지는 않지만 이발이란 표현이 '머리하다'란 압축적인 표현보다는 내게 더 편하게 와 닿는다.

이발과 관련하여 1980년대 중고등학교에 다닌 남성들에게 공포감을 불러일으켰던 단어가 있다. 일어처럼 들리는 불어 '바리캉'. 두발 불량 학생들은 교무실로 불려가서 머리에 고속도로 하나 몇 초 만에 만들어 오곤 했던 그때. 고등학교 입학식 날 전교생이 강당에 모여 있었는데 교련선생님이 뒷줄에 서 있던 나(뒷머리를 어깨 근처까지 길렀다)를 발견하고 강당 위로 나오라고 하더니 갑자기 바리캉으로 고속도로를 이마 위부터 정수리까지 만들어 주셨었다. 전교생 앞에서의 삭발…. 그에 굴하지 않고 두발 자유화(?)를 위해 꾸준히 저항하다 2학년 때인가 한 번 더 운동장으로 불려 나가 홀로 서서 학생들이 교실에서 내려 보는 가운데 삭발식을 치른 적이 있었다(나를 좋아했던 후배 여학생이 체육 선생님에게 "제발 깎지 마세요!"라고 소리치던 모습이 떠오른다). 그 이후로는 지금의 짧은 머리 스타일을 계속 유지하고 있다.

그러고 보니, 고등학교 때 두 번 완전 빡빡머리를 해보고, 군대에서도 한 번 더 완전 삭발을 했던 적이 있었다(이 역시 나의 의사와는 무관하게…). 이등병 시절 자대배치를 받고 살벌한 분위기 속에서 낯선 선임들과 내무 생활을 시작한 두 번째 일요일 저녁 윤 하사가 머리가 지저분한 나를 발견하곤, "야, 머리가 이게 뭐야… 당장 빨리 가서 이발하고 와" 소리쳤고 난 "네, 알겠습니다!" 대답 후 당시 깍사 담당이었던 김 상병 앞으로 갔는데, 일요일 저녁 식사를 마치고 와서 개그프로그램을 보고 있던 그 선임이 낄낄거리며 몰두해서 TV를 보고 있는데 차마 입은 안 떨어지고, 그래도 윤 하사의 지시를 따라야 했기에…"상병님, 이발 좀 해주시면 안 될까요?" 물었다. 김 상병은 대꾸도 없었다. 다시 한 번 물어봤다. 이발 조오오오옴… "야 이 새꺄~ 저리 꺼져!… 이게 미쳤나?… 개그 프로 보고 있는 거 안 보여? 너… 뒈질래?" 다시 하사에게 달려가서 "지금은 김 상병이 바쁘셔서 나중에 이발하겠습니다"라고 보고했는데… "당장 가서 이발하고 와"라고 내게 소리를 지른다. 그래서 다시 가서 김 상병에게 얘기했더니, 한참을 노려보더니, "야, 너 따라와… 이 새꺄…" 이발소와 탁구장 겸 다림질 실로 쓰던 화장실 옆 나무로 만든 창고 공간으로 데려가더니 그냥 사정없이 바리캉으로 머리를 밀어버린다… 머리카락 하나 없이… 거울을 보던 나는 속으로는 화가 났지만, 꾸욱 참고 하사에게 두발 상태 보고하러 가는데… 지나가던 고참들이 부른다…"야 너 이리 와봐… 왜 머리를 이딴 식으로 깎았어… 너 반항하냐? 뭐 이런 놈이 다 있어?" 라며 나를 혼낸다. 간신히 얻어터지지 않고 고참들 피해서 하사에게 보고하러 갔더니 "너 삭발 왜 했냐? 나 중대장에게 엿 먹이려고 이러냐?

화를 엄청 내더니… 김 상병을 데리고 오라고 나에게 화를 낸다. 원래 사이 안 좋았던 윤 하사와 김 상병 사이에서 이러지도 저러지도 못하고… 평온한 일요일 오후, 아무 생각 없는 이등병은 갑자기 스님(?)이 되어 있었고 이 사람 저 사람에게 불려 다니며 욕 얻어먹고 지금 생각하면 웃음이 나오지만, 당시는 삭발한 내 모습을 거울로 보는 게 한동안 너무 싫었다.

다섯 살인가 여섯 살 무렵 아버지를 따라 함께 갔던 이발소가 가끔 생각날 때가 있다. 입구 맞은편 벽에 걸려 있던 이발소 돼지 그림, 밀레의 그림, 그리고 은은한 향기가 좋았던 노란색 다이알 비누, 키가 작은 어린아이들이 오면 이발 의자 팔걸이에 나무 빨래판을 얹어서 앉히고 이발을 해주셨던 이발소 아저씨, 난로에서는 따뜻한 물이 끓고 있고, 타일로 덮인 조그만 욕조 위에는 화단에서 사용하는 분무기 같은 파란색 바가지가 떠 있었고 옆머리를 단정히 깎기 위해 아저씨가 발라주던 분가루 냄새... 머리카락이 눈에 들어오지 못하게 눈을 찡그리면서도 눈을 감지 않고 이발하던 모습을 지켜보던 어린 꼬마 때의 나… 그 추억은 폭력적이었던 고등학교, 군대에서의 삭발의 기억과는 너무 다른 행복감을 전해 준다.

대학 시절, 우리 집 근처로 놀러 왔던 친구가 내가 다니는 미용실에서 같이 이발을 했는데, 나이 드신 미용실 아주머니가 너무 고우시다고, 잠원동에서 중동고등학교 근처인 우리 집까지 일부러 와서 이발하고 가곤 했었다(내 친구가 나이 드신 분을 좋아하는 취향이었나 보다). 나도 한때는 예쁜 미용실 아가씨가 있는 곳을 찾아서 가고 했던 적도 있지만, 이제는 빠르게 깎고, 주문하지 않아도 항상 일관성 있게 깎아주시고 재밌는 얘기 편하게 나눌 수 있는 나이 좀 드신 동네 미용실 아주머니가 좋다.

여성들처럼 분위기 전환이나 아름다워지기 위해 미용실을 가는 것도 아니고, 그냥 십 년, 이십 년 같은 스타일로 이발을 하다 보니, 때론 이발하는 게 지겹고 귀찮다는 생각이 들 때도 있지만, 이발할 수 있게 머리가 계속 자라는 것도 내가 아직 건강하게 살아있다는 증거라고 생각하고, 감사한 맘으로 한 달에 한 번 하는 이발 의식을 즐거운 맘으로 거행해 나가야겠다고 생각한다.

여자화장실

여대 화장실에 가본 적이 한 번 있다
여대의 여자화장실에 여자를 안고 뛰어들어 갔었다
군 복무 마치고 복학 후 짝없던 외로운 기러기였던 동기들과
축제가 열렸다는 신촌의 여자대학교에 갔다
초대한 사람도 없는데 여대 안으로 들어가자니 매우 뻘쭘했다
잠깐 여대 축제 분위기를 느껴보고 돌아가려는데
당시만 해도 대학 축제의 마지막 피날레는 시위였고
여대라고 예외는 아니었다
갑자기 나타난, 페퍼포그 차량 여러 대가
최루탄을 교정 안으로 발사하였고,
얼마나 무자비하게 발사를 해댔는지
축제 장소는 순식간에 아비규환이 되었고
교정을 낮게 뒤덮은 하얀 연기 속에서
다들 비틀거리며 건물 안으로 숲 속으로
도망가느라 정신없었다
동기들과 뿔뿔이 헤어지고 혼자 길을 헤매며
몸을 숙이고 걸어가는데 계속 떨어지는 최루탄에
숨이 막혀 죽을 것 같았다
하얀 연기로 앞도 분간하기 어려웠던 그 순간에

교정에 쓰러져 있는 여대생이 내 눈에 들어왔다
숨을 거의 못 쉬고 기절 상태였던 그 학생
흔들어 깨워도 말을 걸어도 대답은 없고,
의식도 없는 것 같아, 그 친구를 끌어안고
무작정 뛰기 시작했다
가장 가까운 건물을 찾아 뛰어서 들어간 곳이
높은 계단이 있는 건물 가는 방향 근처에 있던 여자화장실이었다
그 학생이 의식을 찾을 때까지 그 여학생을 잠깐 보살피다
의식이 돌아온 걸 확인하고 도망치듯 빠져나와
골목 구석구석 깔려있던 백골단 전경을 요리조리 피해
집으로 돌아왔다
초대받지도 않았는데 괜히 가서 제대로 구경도 못 하고
고생만 하고 온 여대 축제였지만
가끔 이대 정문앞을 지날 때면
그 여학생이 떠올라 뿌듯함을 느끼곤 한다.
여대 여자 화장실에 여자 안고 들어가 본 용감한 남자가 있었을까?

아네모네의 마담

금요일에서 토요일로 넘어가는 자정이 될 무렵, 술을 마시고 있지 않다면, 규칙적으로 보는 TV 프로그램이 있다. KTV 앙코르 베스트셀러 극장. 오늘은 '하귀리에서의 며칠' 오래된 책에서 나는 정겨운 냄새처럼 앙코르 베스트셀러 극장을 보고 나면 오래전 읽었던 아껴둔 소설책 한 권을 다시 읽은 듯해서 맘이 편안해진다.

늦은 밤 집 근처 산책하러 나갔다가 주말이면 가끔 혼자 들러 가벼운 안주에 막걸리 두 통을 마시고 오는 실내포차를 지나치다가 시원한 막걸리가 너무 마시고 싶어 안에 빈자리가 있나 살짝 들여다보지만, 오늘도 빈자리는 없다. 30분 정도 근처를 거닐다 다시 살짝 들여다보았지만, 역시 오늘은 나의 입장을 허락하지 않는다.

이 가게 안주인은 내 또래인 것 같은데, 산적두목 이미지의 터프하고 남자다운 사장님과 달리 예쁘시고 소녀 같고 친절하다. 토요일 밤에 주로 이곳을 찾는데, 그림 그리다 지치면 그림 작업할 때 입는 아주 편한 옷차림(때론 구멍이 뚫리고 물감도 여기저기 묻어있는 옷들) 그대로, 두 손에는 유화 물감들이 잔뜩 묻은 상태로 어색하게 들어가서 말 한마디 안 하고 조용히 한 시간 반 정도 빠르게 술을 마시고 조용히 인사하고 나오고… 그런 나를 안주인은 어떻게 생각할까? 문득 집으로 돌아오며 생각을 해보았다.

페인트칠하는 인테리어 업자?

사연 많은 알코올 애호가?

안 팔리는 소설을 쓰는 작가?

소설 '아네모네의 마담' 속의 학생이 되었으면 하는 엉뚱한 방문객이랍니다.

로리타

원래 어제 금요일 휴가를 내고, 2박 3일간 일본 구마모토와 오이타를 다녀올 계획이었다.

가와바타 야스나리의 '설국', '이즈의 무희' 그리고 하루키의 '노르웨이의 숲'을 읽고 혼자 일본의 여러 도시를 여행해 본 지도 벌써 십여 년 전의 일이 되었다. 이상하게도 구마모토, 오이타는 한적함과 서늘한 느낌으로 내게 와 닿는 그 이름 때문인지 개인적으로 멋스러운 이름의 도시라고 생각을 했었다.

일본을 떠올리면, 예전 오사카 쿠로몬 시장을 밤늦은 시간에 혼자 걷다 장사가 끝난 어느 가게 유리창 사이로 노란 희미한 전등불 아래 마작을 두고 있던 화교들을 바라보던 기억, 도쿄 지하철 역 근처 선술집에서 혼자 병어회 안주시켜놓고 왁자지껄 신나서 얘기를 나누던 주변 사람들을 바라보며 함께 취해가던 내 모습, 그리고 너무도 친절했던 어느 여관 여주인 아주머니와 서툰 일본어로 나눴던 대화들, 처음 먹어본 일본 라멘의 느끼함에 놀라 고춧가루를 한껏 풀어 어울리지 않는 시원한 맥주와 늦은 저녁을 먹었던 어느 조그만 동네 골목길 라면집에서의 기억, 어두운 밤 나라 기차역 주변에서 길을 잃은 나를 안내해 주기 위해 한참을 나와 함께 걸어주었던 이름 모를 일본 소녀 그리고 그 소녀와 헤어지고 아주 늦은 시간에 도착한 나라의 어느 유스호스텔 그리고 그곳에서의 일이 생각이 난다.

유스호스텔에 도착한 나는 짐을 풀고 씻기 위해 목욕탕으로 향했다.

그때는 그랬었다. 중학교 때 교련선생님의 1940년대 일본 여행 무용담을 질리도록 들었던 나는 일본에는 흔하게 혼탕이 있는 줄 알았었다. 착각이었다. 벳푸에 가면 가족탕은 있다. 교련선생님 왈, 혼탕에 가게 되면 "아주 자연스럽게 행동해라! 촌스럽게 거기 가리지 말고…."

아무도 없는 탕 안에서 혼자 머리를 감으러 샤워기 앞에 서 있는데… 정적을 깨고 또각또각 발소리가 들려온다. 점점 가까이 발소리는 들려오고, 잠깐 조용했다가… 설마 하는 순간 커튼을 젖히고 금발의 아름다운 여인이 수건으로 중요 부위만 가린 채 걸어 들어 온다. 앗 이곳이 혼탕인가? 서로 눈이 마주치고, 서로 잠깐 부동자세로 놀라다가 난 교련선생님의 충고대로 자연스럽게 서서 그녀를 바라보았다. 그러자 금발 아가씨는 소리를 지르고 뛰어나가 버렸다.

놀란 가슴에 후다닥 씻고 나오며 출입구의 팻말을 다시 보았다. 한자로 '남' 자가 쓰여 있었다. 금발의 아가씨가 한자를 읽지 못해서 남자 목욕탕으로 들어 왔던 것 같았다.

다음 날 아침, 조식을 먹으러 식당에 들른 눈썰미 좋은 나는 우연히 그녀 아니 그 소녀와 다시 마주쳤다. 그 소녀는 여름방학을 맞아 친한 친구들과 일본 여행을 온 호주 여고 2학년 학생이었다. 넉살 좋게 그 친구들 자리에 합석한 나는 농담으로 그 소녀에게 "나의 모든 걸 봤으니 나를 책임져 달라"고 했고 그 여학생도 웃으며 내 농담을 받아 주었다. 항상 갖고 다닌다는 휴대용 사진첩을 꺼내서 호주에서의 사진들과 가족사진을 보여주며 함께 유쾌하게 아침 식사를 했다.

엊그제 같은 기억들인데 벌써 오랜 시간이 흘렀다. 영화 로리타를 볼 때면 처음 가본 일본 여행에서 만났던 그 금발의 소녀가 생각난다.

뚜마로

얼마 전 582일 만에 석방된 제미니 호 선원들의 기사를 읽었다.
인상 깊었던 부분은 우리 한국인 선원들이
감시를 보던 소말리아 해적들에게 어떤 질문을 해도,
영어를 거의 못하는 그 해적은 그냥 "뚜마로(투마로우)"라고
대답했다고 한다
해적은 아마도 인질들의 질문이 언제 풀려날 것인지를
묻는 것으로 생각하고, 그냥 "내일"이라는 답을 582일 동안 해준 것 같다
선원들은 그 해적의 퉁명스럽지만, 희망을 주는 "내일"이라는 답변에
하루하루 집으로 돌아갈 수 있다는 꿈을 포기하지 않고
582일을 견뎌낼 수 있었던 건 아닐까?
그 기사를 읽으며 말 한마디라도,
누군가에게 희망과 힘을 줄 수 있는 말을
좀 더 하며 살아야겠다는 생각을 했다.

구토

스무 살 무렵 읽었던 사르트르의 구토

소설 속에서 작가는 시립도서관에서

독특한 사람(독학자)을 만나게 됩니다

그의 독서 행태를 관찰하다가 작가는 그가

시립도서관들의 책들을 알파벳 배열 순서대로

하나하나 모두 읽어가고 있음을 발견합니다.

초등학교 시절 학교가 끝나면 저는

정문 근처 문방구 겸 서점 가게에 들러

매일 책을 한 권씩 순서대로 읽고 집으로 갔습니다

마치 구토의 독학자처럼

왜 책을 안 사고 읽느냐고 혼낸 적이 없던

마음씨 좋은 그 주인아저씨 얼굴이 지금도 기억납니다

사르트르는 조약돌을 들었을 때

그리고 마로니에 나무뿌리를 보며 구토를 느꼈지만

저는 어릴 적엔 커다란 전화번호부 책을 볼 때마다

그리고, 나이 들어 직장 생활하며 서버나 ERP 패키지의

어마어마한 매뉴얼들을 볼 때면 구토를 느끼곤 했습니다

저는 술을 많이 마셔도 구토를 하지 않습니다

그렇지만 구토란 단어를 듣거나 보게 될 때면

언제나 어두컴컴한 저녁 주인아저씨와 둘이서 조용히
가게 안에서 책을 읽던 어린 독학자와
전화번호부 그리고 매뉴얼 책들이 떠오릅니다.

서북면옥

어제저녁 회사 근처에 있는 고객과 저녁을 먹기로 했다가 약속이 취소되고 사무실에 같이 밥 먹자고 할 사람도 없고 해서 집으로 갈까 하다가, 예전 중학교 정문 앞 가게에서 팔았던 비빔국수가 갑자기 먹고 싶어서 이십몇 년 만에 지하철을 타고 중학교를 찾아가기로 했다. 예전 3년을 강남역에서 지하철을 타고, 건대부중이 있는 구의역을 왔다 갔다 했는데, 구의역 주변이 얼마나 바뀌었던지 구의역에서 내려 건대부중 가는 방향을 못 찾아서 한참을 헤매었다. 주변 사람들에게 물어보기도 뭐해서 또 한참을 헤매다 이정표를 발견하고 학교 가는 방향을 찾고 걷다 보니 중학교 입구 정문 위치가 기억이 나지 않는다. 너무도 주변이 변해서 중학교 정문을 지나치고 다시 돌아와 중학교 정문 앞에서 오랜만에 잠깐 학교를 바라보고 그 비빔국수 식당을 찾아봤으나 역시나 아쉽게도 그 가게는 이젠 없었다. 중학교 때는 운동을 하느라 도시락을 싸가지 못할 때가 많았는데 그때마다 수위 아저씨에게 양해를 구하고 가서 먹던 집이었는데 아쉽게도 없어졌다. 주변을 걷다가 구의 사거리까지 오게 되었고, 이십몇 년 전과 똑같은 외관의 집을 발견하고 들어갔다. 혼자서 물냉면을 시켜 먹는데 내가 가끔 먹는 '함흥냉면'이 아니고, 평생 두 번째 먹어보는 '평양냉면'이었다. 익숙지 않은 맛이라 고민하며 음미하듯 식당 안을 두리번거리며 먹고 있는데 식당 종업원분이 평양냉면 맛을 평가하러 온 '미식가'이냐며

친절하게 내게 인사를 건네셨다.

평생 두 번째 먹어보는 평양냉면인데 내가 무슨 평가를….

'서북면옥'

모든 게 빠르게 변해가는 세상에서 이렇게 몇십 년을 음식 맛뿐만 아니라 식당 외관까지 그대로 유지하며 고객의 사랑을 받는 집이 있다는 건 참 행복한 일인 것 같다.

다이너마이트

맛난 거 먹으러 가자 말라
아임 온 어 다이너마이트
파괴력 있는 다이어트 중
하루 두 끼 중 한 끼는
풀만 먹자는 굳은 결심
풀만 먹는 아프리카 초식동물
물소 군 하마 양은
왜 그렇게 뚱뚱할까?
몸에 좋은 풀도
조금만 먹어야 하나
나랑 키가 비슷한 연예인
현빈 공유는 칠십사
하정우 칠십오 김래원 칠십칠
나랑 키가 비슷한 메이저리거
강정호 반올림해서
구십팔 박병호 백일
연예인 체중은 골프 최저타
기록처럼 인생에서
가장 가벼웠을 때 체중인가

빨리 달려야 사는 야구선수

어떻게 그 체중으로

아프리카 초원 위 누와 임팔라처럼

그렇게 빨리 뛸까?

하정우 김래원 체중은 바라지도 않는다

지난 이십년간 팔십사 이하

찍어 본 적 없으니

사 킬로그램만 떼어내어

다시 팔사로만 가자

그 체중이 아마도 내 팔자인가 보다

현빈 공유 몸무게는 바라지도 않는다

이러다 내가 정말 좋아하는

강정호 박병호 연봉 말고

몸무게만 같아질까 걱정이네

연예인 몸매 바라지도 않는다

발목 아프다 혈압 올라간다

비 오고 흐린 날이면

예전에 술 먹고 떨어져 깨졌던

내 복숭아 뼈 욱신거린다

발목 아파 술집 못가는 일 없게

조금만 빼자

연예인 몸무게는 바라지도 않는다

이제 몇 벌 안 되는 외출복

꼭 끼어서 못 입겠다

몇 켤레 남은 신발

밑창 빨리 닳아 못살겠다

아까운 옷 값 신발값 병원비 줄여

술과 안주 더 사먹게

가벼운 마음 몸가짐으로

이 술집 저 술집

새처럼 훨훨 날아다니게

사 킬로그램만 줄여

내 팔자 내 몸무게

팔사로만 가자

길

한 번도 가지 않은 길
정말 가보고 싶은 길
가지 말아야 할 길
그래도 가보고 싶은 길
더 늦기 전에 가보고 싶은 길
이제는 가고 싶지 않은 길
혹시 가게 될까 두려운 길
가고 싶어도 갈 수 없는 길
잠깐만이라도 가보고 싶은 길
추억 속에서만 갈 수 있는 길
영원히 머무르고 싶던 길
끝이 없이 이어지는 길
파뿌리 같은 여러 갈래의 길
어디로 가야할 지 모르는 길
어디 먼저 가야할 지 모르는 길
그래서 선택하기 더욱 힘든 길
인생이란 길고 긴 여러 갈래의 길
거 참 사는 거
재밌고도 힘드네

광고의 힘

이천육년 봄부터
이천십사년 겨울까지
비싼 바카디 럼(Rum) 대신
처음처 럼(Rum)을 마셨다
바카디 럼처럼
멋진 재즈 또는 뉴에이지 음악
그리고 하얀 셔츠 멋들어지게
차려 입은 예쁜 바텐더는 없어도
처음처 럼이라는 이라는 문구가
너무 참신하게 들려서
너무 강렬하게 내게 와 닿아서
처음처 럼을 팔년이나 마시며
그 녹색 술병에 붙어 있던
섹시한 광고 모델들이
구혜선 이효리 고준희 신민아로
바뀌어가는 것도 몰랐다
처음처럼
이 글귀 하나가 내 맘을
그렇게 오랫동안 아나콘다처럼

휘어 감고 있었나 보다
이천십사년 눈 내리는 겨울부터
나는 변했다
술병 레이블에 붙어 있는
글자도 눈에 들어오지 않게 만드는
이슬처럼 순수한 귀여움
동화 속 공주 같은 사랑스러움
이제 술 이름을 부르는 건
내게 배신과도 같은 일
어제도 난 나를 보고 환하게
미소 짓는 박카스의 여신
그녀를 바라보며 행복을 마셨다
맘 허전한 오늘 밤
텅 빈 술집에 홀로 앉아
그녀를 또 부른다
경건하게 낮은 목소리로
아이유 주세요
빨간 뚜껑으로요

쇼팽 첼로 소나타

스물한 살 읽었던
단편소설
'브람스를 좋아하세요?'
제목만으로
나를 사로잡았던 소설
그 소설의 주인공처럼
그런 멋진 말로
데이트 신청을 할 수 있다면
그럼 난 브람스보다는
쇼팽을 더 좋아하니까
'쇼팽을 좋아하세요?'
이렇게 삐꾸기를 날릴 것 같다
피아노의 시인 쇼팽
쇼팽을 처음 알게 해준
그의 피아노 발라드 그리고 즉흥곡
영혼을 울리는 그의 피아노협주곡
캔디처럼 달콤한 녹턴
그리고 폴로네이즈, 연습곡,
전주곡, 마주르카…

그리고

피아노의 시인 쇼팽이

첼로도 사랑했었다는 걸

아시나요?

쇼팽을 좋아하는 사람을 만나면

묻고 싶었던 말

쇼팽의 첼로소나타를 좋아하시나요?

그거 아시나요?

누구를 좋아하면

그 사람의 모든 것이

궁금하고

좋아진다는 걸

음반가게 아가씨

추억 많던 대학 신입생 시절, 이공계 생들을 위해 지어진 멋진 과학 도서관에는 1층에는 커다란 학생식당이, 지하에는 매점이 있었고 내가 올라가기 힘들어서(?) 자주 가보지 않았던 2층 이상의 신비로운 구역에는 독서실이 있었다. 남들은 시험공부 준비한다고 새벽 일찍 일어나서 독서실 자리 잡는다고 난리치고 그랬지만, 나는 독서실의 숨 막히는 탁한 공기와 열기 그리고 조용한 분위기가 싫어서 독서실을 이용하지 않았다. 내가 과도관을 가는 이유는 동기들과 어쩌다 점심을 먹으러 식당을 가거나, 아니면 새로 생긴 지하 음반가게 때문이었다.

식당에서는 라면을 믿을 수 없는 가격 100원에 팔았고, 시골에서 올라온 주머니 가벼운 학생들은 라면을 먹거나, 밥만 담긴 도시락을 싸와서 50원 했던 국물만 사서 다른 친구들의 반찬을 얻어먹으며 밥을 먹곤 했다. 700원이었던 돈가스는 얼마나 컸던지 돈가스를 한 입에 넣을 수 있나 없나 내기하다 입이 찢어져 의무실로 달려갔던 친구도 있었다.

난 지하 매장을 갈 때가 가장 즐거웠다. 학생용품, 학교 기념품을 파는 곳, 전자제품 파는 곳, 이발소 등이 있었고 그리고 내가 사랑했던 공간 '음반 매점'이 있었다. 나보다 나이가 같거나 한두 살 많아 보이는 고등학교를 갓 졸업한 듯한 아가씨가 항상 혼자서 작은 매장을 지키고 있었다. 지하라서 어둡고 습하고 차가운 그 공간에서 그 아가씨는 고등학교 유니폼 같은 검정 치마, 하얀 블라우스에 머리를 뒤로 곱게 빗어 따고 약간 무표정한 듯한, 그렇지만 누구나 호감을 느낄만한 귀여운 얼굴로 학생 손님들을 맞이하곤 했다.

당시에는 인터넷이 없던 시절이라, 영화나 방송에서 어떤 음악을 들어도 그 음악이 어떤 음악인지 알아내기가 쉽지 않았었다. 어느 가을날 방송에서 시트콤을 보다 흘러나왔던 클래식 배경음악이 귀에서 맴돌았다. 그리고 그 아가씨를 찾아가 "이 음악 알아요?" 하고 그 음악을 그녀 앞에서 흥얼거렸다. 다소 불량스런 자세로 여러 번 반복해서 들려주었다. "몰라요? 나중에 또 올 테니… .비슷한 음악 들으면 적어 놓았다가 알려 줘요." 일주일에 한두 번씩 찾아가서 서로 가까이 마주 보고 서서…"이 음악 알아요? 흥얼 흥얼… 흥얼 흥얼…." 지금 생각해 보니 그 아가씨가 나 때문에 스트레스를 아주 많이 받았을 것 같다. 그녀는 한참을 내 흥얼거림을 감상하다 거의 대부분 "죄송해요, 잘 모르겠는데요."라고 대답했다. 그렇게 그 곳에서 나는 점심을 안 사먹어도 듣고 싶은 음반이 있으면 사서 듣곤 했다.

군 제대 후 복학하니 그 아가씨는 더 이상 그곳에 없었다. 아마도 시집을 간 듯했다.

아가씨, 미안했어요. 아가씨가 어둡고 추운 그곳에서 심심할까봐 자주 찾아 갔었나 봅니다. 귀찮게 하려고 그랬던 건 아니고 아가씨를 조금 좋아 했었나 봅니다. 그 아가씨 퇴근시간에 맞춰 짜장면이라도 한 그릇 같이 하자고 얘기해 볼 걸 하는 아쉬움이 남습니다.

귀여운 음반 가게 아가씨여….

작가 후기

내가 처음 시에 관심을 두게 된 것은 어릴 적부터 하던 운동을 그만두고 공부로 전향한 고1 무렵 남녀공학이었던 우리 학교의 한 여학생에 관심을 두게 되면서부터이다. 사강의 소설 '브람스를 좋아하세요?'에서와 같이 멋스럽게 내 맘을 그 친구에게 전하고 싶었고 그래서 좀 더 튀어 보이기 위해 내가 선택했던 방법은 멋진 시를 영어로 번역해 그림을 보태어 편지를 써서 그녀의 노트에 몰래 끼워 넣는 것이었다. 그렇게 그 학생에게 연서를 쓰며 처음 접했던 시인은 박인환이었다.

처음 내가 나의 시를 썼던 것은 대학생 때 우연히 길에서 만난 너무도 멋진 여학생을 집까지 쫓아가서 데이트 신청을 하고 어렵게 그녀와 영화를 본 여름날 저녁… 집으로 돌아가는 길에 갑자기 세찬 비가 내렸고 우리 둘은 작은 비닐우산을 같이 쓰고 거리를 걸으며 추억을 만들었다. 그리고 다음 날 학교 수업시간에 즉흥적으로 썼던 영시 'Plastic Umbrella'가 나의 첫 시다.

회사에 다니는 20년 동안은 시를 완전히 잊고 지냈었다. 그러다 1년 전 술에 취해 지하철을 타고 가다 길을 잃고 몽롱한 상태에서 휴대전화로 당시 내 맘을 적었던 '오이도'가 나의 첫 한글 시다. '오이도'란 시를 쓰고도 한동안은 시에 관해 관심을 두지 못했었는데 지난해 가을 겨울 6개월간 그렸던 그림들로 연희동에서 개인전을 하며 나를 찾아온 어릴 적 친구에게 내 시 한 편을 우연히 보여주었는데 그 친구는 시를 읽다가 갑자기 눈물을 흘리는 돌발행동으로 나를 놀라게 했고 그 일을 계기로 나도 글을 쓸 수 있겠다는 생각을 하였다. 개인전이 끝나고 두 달 동안 내가 일기처럼 메모해 두었던 많을 글들을 찾아내고 모아서 내용을 정리하고 보완해서 110여 편의 산문과 시를 쓸 수 있었다. 정확히 표현하면 지난 십여 년간 일기처럼 공책이나 블로그 아니면 네이버 메일 등에 남겨두었던 나의 짧은 글들을 110편의 글로 바꾸는 작업을 두 달에 걸쳐 한 것이다. 난 어려서부터 고1이 될 때까지 집을 떠나 운동을 했다. 잦은 부상으로 운동을 관두고 공부를 하겠다고 책을 다시 잡았을 때 오랜만에 하는 공부가 너무 좋아 밤잠을 잊고 몇 달 동안 1학년부터 3학년까지의 수학책을 붙들고 혼자 즐겁게 공부했던 기간이 있었다. 지난 두 달여 책을 만드는 작업을 하며 그 시절이 생각이 났었다. 즐겁게 밤잠을 잊고 때로는 술집 한구석에서 새벽까지 작업했고, 공원 벤치 또는 맥도널드 매장에 홀로 앉아 휴대전화 스크린에 오른손 독수리 타법으로 두 달 동안 즐겁게 미쳐 책을 만드는 작업을 할 수 있었다.

나는 학생 시절 국어 과목을 좋아하지 않았다. 국어성적이 안 좋아서 이과를 선택했다고 말해도 될 정도였다. 내게는 국어시험 속의 네 가지 답변이 모두 정답같이 보여서 답을 고를 수가 없었다. 사람마다 또는 상황마다 느끼는 게 다를 수 있는데 어떻게 네 가지 답변 중에 답이 하나만 있을 수 있는 걸까? 아니 어떻게 답을 네 가지에서만 고르게 한단 말인가. 문학인 국어 과목에 정답이 있다는 건 내겐 정말 딜레마였고 이해하기 어려운 제도였다. 나의 시 역시 당시 내 생각처럼 그렇게 읽는 독자에 따라 아주 다양하게 자기 맘에 맞게 재미있고 편하게 읽히기를 바란다. 우리 집에는 딱 세 권의 시집과 몇 권의 수필집이 있다. 한 권은 신입사원 때 선물 받은 노벨문학상 수상자 시집 나머지 두 권은 내가 올해 샀던 두 권의 시집이다. 수필집은 학생 시절 때 샀던 오래된 몇 권의 수필집이 전부다. 나는 그만큼 시 수필과 가깝지 않게 살아왔고 시나 수필에 대한 작법을 잘 모르고 그래서 그만큼 세련되거나 문학적인 표현에 서툴 수 있다. 다소 투박하지만, 거침없이 힘차게, 그리고 솔직하게 남의 시선을 의식하지 않고 써내려간 내가 일상 속에서 느낀 소회들, 인생을 바라보는 시각, 이웃과 자연에 관한 관심과 사랑, 일상 속에서 느끼는 행복 또는 허무의 감정 그리고 그것을 이겨내는 방법 그리고 인생을 멀리 그리고 크게 바라보기, 너무 일찍 하늘로 여행을 떠나신 아버지에 대한 그리움 등 내가 살아오며 말하고 싶었던 것들이 내 글들에 알기 쉽게 쓰여 있다. 어떤 시는 수필 아니면 소설 냄새가 나는 것들도 있다. 좀 더 길게 제대로 풀어나갈 수도 있는 이야기들을 아주 작은 유리 수족관에 가둬둔 것 같아 글들에게 미안한 맘이 들기도 한다. 지난 두 달간 원고작업을 하며 처음에는 내 글들을 시라고 불러도 되느냐는 두려움도 있었다. 과연 나의 이 글들에, 내가 학생 시절 동경했던 그 아름답고도 멋진 말 '시'라는 호칭을 붙일 수 있는 건인가 고민도 많았었다. 부끄럽고 염치없기도 하지만 감히 나의 글들을 책으로 엮어 세상에 내놓게 되어 기쁘기도 하고 염려도 되지만, 뭔가 아직은 엉성하고 미완성인 듯한 그래서 좀 더 인간적인 냄새 나는 내 글들을 더 다듬고 더 고친다고 시간을 보내다가는 평생 내 이름 걸고 책을 내보지 못할 것 같다는 생각이 들었고 만약 그렇다면 그게 더 후회스러운 일일 거란 생각에 무모한 용기를 내서 이렇게 저의 첫 책을 세상에 내보낸다. 이 책이 내가 만들어 갈 행복이란 나무에 주렁주렁 한 아름 가득 열릴 열매 중 소중한 첫 열매가 되길 바라며… 내가 요새 살며 가장 많이 생각하고 되뇌는 단어가 행복인 것 같다. 어떤 때는 행복이란 단어를 떠올리면 갑자기 눈물이 핑 돌 것 같기도 하다. 우리 모두 행복하기 위해 태어났고 행복해지기 위해 열심히 하루하루를 살아가고 있다. 저의 글들을 읽으며 힘든 이 세상 속에서 좀 더 마음 편히 행복해질 수 있는 순간들을 독자분들도 찾고 그러한 순간들로 하루하루를 가득 채워 나가셨으면 좋겠다. 독자분들이 제 글을 통해 잠시라도 미소 짓고 때론 눈물 속에 힐링하실 수 있다면 그것이 바로 내가 그렇게 찾아 헤매는 나의 또 다른 큰 행복이 될 것이다.